संघ और स्वराज

रतन शारदा की यह पुस्तक 'संघ और स्वराज' विभिन्न विचारों के बीच एक महत्त्वपूर्ण संदर्भ-बिंदु है, विशेष रूप से ऐसे समय में, जब संघ के प्रति अभूतपूर्व उत्सुकता है।

—राहुल शिवशंकर
मुख्य संपादक, टाइम्स नाउ

• • •

यह गहराई से शोध के बाद लिखी गई तथा संघ के मेरे जैसे आलोचकों के लिए आँखें खोलनेवाली पुस्तक है। अवश्य पठनीय।

—आनंद रंगनाथन
वैज्ञानिक, लेखक, स्तंभकार

• • •

विद्वान् रतन शारदा द्वारा लिखित यह पुस्तक उन लोगों के लिए अवश्य पढ़ने योग्य है, जो भारत के स्वतंत्रता संग्राम में संघ के अभूतपूर्व योगदान को समझना चाहते हैं। ठोस तथ्यों पर आधारित यह पुस्तक तमाम झूठे प्रलापों को समाप्त कर देती है, जिनका प्रतिपादन दशकों तक वामपंथ की ओर झुकाव रखनेवाले इतिहासकारों ने संघ के बारे में इस उद्देश्य से किया, ताकि संघ की महान् हस्तियों को इतिहास के पन्नों में उनका सही स्थान प्राप्त न हो। डॉ. हेडगेवार से संबंधित अध्याय विशेष रूप से ज्ञानवर्धक है।

—संजू वर्मा
अर्थशास्त्री एवं मुख्य प्रवक्ता, भाजपा मुंबई

• • •

स्वतंत्रता के बाद हमारे स्वतंत्रता संग्राम के इतिहास को जान-बूझकर इस प्रकार से लिखा गया, ताकि संघ की भूमिका को सदैव कमतर आँका जाए। वास्तव में समकालीन इतिहासकारों ने लगातार इसे नकारात्मकता से दिखाया है। हमारे स्वतंत्रता संग्राम का निजीकरण कुछ चुनिंदा स्वतंत्रता सेनानियों के पक्ष में करने की हमारी राष्ट्रीय चर्चा में जो घोर भ्रांतियाँ प्रविष्ट हो गई थीं, उन्हें दूर करने का प्रयास कर रतनजी ने उल्लेखनीय सेवा की है। संघ के आलोचकों तथा समर्थकों के लिए अवश्य पढ़ने योग्य।

—डॉ. एम.आर. वेंकटेश
एफसीए, एसीएमए, सुप्रीम कोर्ट के वकील, कार्यकता

संघ और स्वराज

स्वतंत्रता आंदोलन में संघ की भूमिका

रतन शारदा

प्रकाशक • **प्रभात प्रकाशन प्रा. लि.**
4/19 आसफ अली रोड,
नई दिल्ली-110002

संस्करण • 2024
मूल्य • तीन सौ रुपए
मुद्रक • नरुला प्रिंटर्स, दिल्ली

SANGH AUR SWARAJ *by* Shri Ratan Sharda ₹ 300.00
Published by Prabhat Prakashan Pvt. Ltd, 4/19 Asaf Ali Road, New Delhi-2
e-mail: prabhatbooks@gmail.com ISBN 978-93-5322-408-0

यह पुस्तक मैं उन हजारों गुमनाम और विस्मृत स्वयंसेवकों को समर्पित करता हूँ, जिन्होंने हिंदुओं और सिख भाइयों की रक्षा के लिए अपने जीवन, अपने परिवार और घरों को होम कर दिया। उन लाखों अपने भारतीय बांधवों को भी समर्पित करता हूँ, जिन्होंने अभी आजादी की साँस भी खुलकर नहीं ली थी कि स्वतंत्रता दिवस उनके लिए अकल्पनीय विपत्तियाँ और कष्ट लेकर आ खड़ा हुआ था।

"दूसरे देशों के संस्कारों से अपनी बुद्धि को उन्मुक्त करना और अपनी ही भावनाओं तथा इच्छा के साथ विकास के एक तंत्र को विकसित करना ही 'स्व-तंत्र' (स्वयं के द्वारा बनाई व्यवस्था) है। किंतु एक ऐसी व्यवस्था, जो हमारे अपने इतिहास को अनदेखा कर बनाई जाए, जो दूसरे समाजों से प्रेरित हो, वह 'स्व-तंत्र' नहीं, बल्कि 'पर-तंत्र' (दूसरों की बनाई व्यवस्था, या दूसरों की गुलामी) होगी। रूस के निर्देश पर आधारित व्यवस्था 'रूसी-तंत्र' होगी, 'स्व-तंत्र' नहीं। इंग्लैंड के राजनीतिज्ञों से प्रेरित, उनके संरक्षण या सहयोग से बनी व्यवस्था इंग्लैंड का तंत्र होगी। एक संघीय तंत्र, जो स्वतंत्र अमेरिका से प्रेरित होकर बनेगी, वह कभी 'स्व-तंत्र' नहीं होगी, वह अमेरिकी तंत्र होगी।"

—1947 में श्रीगुरुजी

गुरुजी दर्शन, पृष्ठ 169-170

प्रस्तावना

राष्ट्रीय स्वयंसेवक संघ की ओर से भारत की स्वतंत्रता से पूर्व किए गए कार्यों और भारत के स्वतंत्रता-संग्राम में इसकी ओर से निभाई गई भूमिका के विषय में बरसों पहले से लेकर हाल के दिनों तक के अनेक प्रकाशित कार्य विद्यमान हैं। इसके बावजूद, हाल के दिनों में राजनैतिक विवशता के कारण वामपंथी और तथाकथित धर्मनिरपेक्ष दलों ने स्वतंत्रता-संग्राम में इसकी भूमिका तथा विभिन्न युद्धों सहित प्रत्येक क्षेत्र में समाज की सेवा के इसके प्रशंसनीय योगदान के विषय में दुर्भावनापूर्ण दुष्प्रचार किया है, ताकि लोगों के मन में संदेह पैदा किया जा सके। इस विषय पर आम राय है कि उस समय की कांग्रेस पार्टी एक ऐसा संगठन थी, जिसके अंतर्गत स्वतंत्रता प्राप्ति के एक सर्वमान्य उद्देश्य के लिए कार्य करनेवाली सभी प्रकार की राजनैतिक विचारधाराएँ आती थीं। ऐसे नेता थे, जो कांग्रेस नेता होने के साथ-साथ अन्य संगठनों और राजनैतिक समूहों का भी नेतृत्व कर रहे थे।

गांधीजी के नेतृत्व में स्वतंत्रता प्राप्ति के लिए 1921, 1930 और 1942 में तीन प्रमुख अहिंसक आंदोलन चलाए गए। इसमें कोई संदेह नहीं कि गांधीजी का सबसे बड़ा योगदान था स्वतंत्रता-संग्राम में आम पुरुषों और स्त्रियों की भागीदारी को सरल और आसानी से समझ आनेवाले रूप में संभव बनाना। उनके अनोखे तरीके के कारण इस संग्राम में लाखों लोग शामिल हुए।

डॉ. केशव बलिराम हेडगेवार जब कांग्रेस नेता थे और उसके बाद जब संघ की स्थापना की, उन्होंने इनमें से प्रत्येक संग्राम में हिस्सा लिया। 1940 में उनका निधन हो गया। 1942 के भारत छोड़ो आंदोलन में भी बड़ी संख्या में संघ के स्वयंसेवकों और नेताओं ने हिस्सा लिया था। डॉ. हेडगेवार द्वारा निर्धारित दिशानिर्देशों के अनुसार वे आम नागरिकों के रूप में शामिल हुए। अनेक देशभक्तों द्वारा किए गए सशस्त्र विद्रोह भी उस भारतीय स्वतंत्रता–संग्राम का एक महत्त्वपूर्ण पहलू थे, जो कि लंबे समय तक लड़ा गया। 1857 से लेकर चाफेकर बंधुओं, बिरसा मुंडा, रानी गाइंदिल्यु, अल्लूरी सीताराम राजू, सावरकर, चंद्रशेखर आजाद, सुभाष चंद्र बोस और उनकी इंडियन नेशनल आर्मी (आजाद हिंद फौज) तक के निडर स्वतंत्रता सेनानियों की एक लंबी सम्मानसूची हमारे सामने है। इसके बावजूद 1947 से ही यह माहौल बनाया जा रहा है, जो अब और भी जोर पकड़ चुका है कि यह अहिंसक आंदोलन ही था या एक ही पार्टी थी, जिसके कारण भारत को स्वतंत्रता मिली। यदि जानबूझकर ऐसा नहीं किया जा रहा तो भी यह वर्तमान इतिहास के बारे में कुछ अधिक सरल दृष्टिकोण है। यह कुछ ऐसा ही है जैसे कहें कि हथौड़े के 100वें प्रहार ने चट्टान को तोड़ दिया, जबकि पहले के 99 प्रहारों का कोई योगदान ही नहीं था।

मेरी पिछली पुस्तक 'आर.एस.एस. 360° डिमिस्टिफाइंग राष्ट्रीय स्वयंसेवक संघ' में संलग्नक हैं, जिनमें संघ के स्वतंत्रता–संग्राम में शामिल होने, संघ पर पाबंदी लगाए जाने की पृष्ठभूमि और उसके बाद बिना शर्त उस पाबंदी को हटाए जाने से संबंधित जानकारी है। केवल एक ही शर्त लागू की गई थी कि एक लिखित संविधान जमा किया जाए। यह कांग्रेस का अपने आप को बचाने का एक हास्यास्पद बहाना था, क्योंकि अपनी स्थापना के 14 वर्ष बाद भी स्वयं कांग्रेस का अपना कोई संविधान नहीं था। इस अवधि के अनेक संदर्भों ने यह सिद्ध किया कि यह पाबंदी एक बेहद लोकप्रिय संगठन के विरुद्ध ईर्ष्या के कारण लगाई गई थी।

एक लोकप्रिय राजनैतिक विकल्प के उदय से इस प्रकार का भय तर्कहीन सोच का संकेत था, क्योंकि श्री माधव सदाशिव गोलवलकर, उपाख्य श्रीगुरुजी, जो संघ के दूसरे सरसंघचालक थे, उन्होंने कई बार कहा था कि संघ की एक राजनैतिक दल बनने की कोई इच्छा नहीं है।

कांग्रेस पार्टी द्वारा संघ पर किए जाने वाले उत्पीड़न का आरंभ गांधीजी की हत्या से बहुत पहले हो चुका था, उस समय, जब संघ की ओर से भारत के अभागे नागरिकों के लिए राहत कार्य चरम पर था, जिन्हें देश के बँटवारे के बाद सरकार ने उनके हाल पर छोड़ दिया था और किसी भी प्रकार का सहयोग नहीं किया था।

'आर.एस.एस. 360°' के संलग्नक श्रीगुरुजी की जीवनी पर आधारित थे, जिसके लिए गहरा शोध किया गया था और इसे संघ के एक दिग्गज विचारक श्री रंगा हरि ने लिखा था। इन संलग्नकों को पढ़ने के बाद कुछ साथियों को लगा कि मुझे इस विषय को और विस्तार देना चाहिए और स्वतंत्रता-संग्राम में संघ की भूमिका पर एक अलग दस्तावेज में प्रकाश डालना चाहिए। इस प्रकार इस पुस्तक के विचार का जन्म हुआ।

मैंने इस संक्षिप्त पुस्तक को सही अर्थों में संक्षिप्त रखने का प्रयास किया है और केवल उन्हीं तथ्यों और कहानियों को लिया है, जिनके लिए पर्याप्त संदर्भ उपलब्ध हैं। आदर्श रूप से, वर्तमान उथल-पुथल भरे समय में जुटाए गए मौखिक विवरणों और कथनों को इतिहास लेखन के लिए मान्य और विश्वसनीय माना जाता है। प्रत्यक्षदर्शियों द्वारा दिए गए वक्तव्यों को उन पुस्तकों से लिया गया है, जिनमें कथनों की पुष्टि के दस्तावेज उपलब्ध हैं। आम जनता की बातों को दर्ज करने के लिए उन दिनों ऑडियो या वीडियो रिकॉर्डिंग की आज जैसी व्यवस्था नहीं थी। उस कठिन अवधि में कार्यरत संघ के पुराने कार्यकर्ताओं के सैकड़ों व्यक्तिगत मौखिक अनुभवों के साथ ही छोटी-छोटी पुस्तिकाओं में कुछ

लेख तथा विभिन्न भाषाओं में पूरे भारत के संघ कार्यकर्ताओं के संस्मरण उपलब्ध हैं। उस जमाने के गुमनाम बलिदानियों के प्रति सम्मान के एक प्रतीक के रूप में, मैं उन सारी उपलब्ध सामग्रियों को उद्धृत कर एक वृहद् ग्रंथ की रचना कर सकता था। लेकिन विचार था कि आसानी से पढ़ने योग्य एक दस्तावेज तैयार किया जाए। यह पुस्तक हमें बताती है कि संघ आरंभ से ही स्वराज या स्वतंत्रता के उद्द्देश्य के प्रति समर्पित था और एक लंबी लड़ाई की तैयारी कर रहा था, जिसके लिए यह अपने कार्यकर्ताओं को तैयार करने में जुटा था। इस संकल्प की गवाही ब्रिटिश दस्तावेज भी देते हैं।

पुस्तक के आरंभ में मैंने संघ के स्वयंसेवकों तथा अमृतसर के अन्य जाने-माने हिंदू और सिख भाइयों की हाथों से लिखी सूची की स्कैन की गई तसवीरों के संग्रह को प्रकाशित किया है, जिनकी मृत्यु अपने भाई-बंधुओं की रक्षा करते हुए हो गई थी। यह पुराना दस्तावेज मुझे संयोग से दिल्ली स्थित संघ के दस्तावेजों के संग्रह केंद्र में मिला, जब मैं संघ के प्रस्तावों पर अपने शोधग्रंथ के लिए शोध कर रहा था। आपको जब ध्यानपूर्वक तैयार की गई सूची देखने को मिलेगी तो लगेगा, भूतकाल आपके सामने खड़ा है।

आरंभ से ही संघ कार्यकर्ताओं का ध्यान अच्छी तरह दस्तावेजों को जुटाने पर नहीं रहा। हालाँकि, अब इस महत्त्वपूर्ण पहलू पर काफी ध्यान दिया जा रहा है। दस्तावेज जुटाने में कमी का कारण यह हो सकता है कि डॉ. हेडगेवार और उनके उत्तराधिकारी श्रीगुरुजी संघ के कार्यों को प्रचारित करने या अपनी छवि के प्रदर्शन के विरोधी थे। वे कहते थे, "हमें प्रसिद्धि पराङ्मुख होना चाहिए," अर्थात् प्रचार से दूर रहो और समाज तथा मातृभूमि के लिए मौन रहकर कार्य करो। यह छोटी सी भेंट संघ साहित्य में कमी को कुछ हद तक पूरा करने का प्रयास है। मुझे आशा है कि यह संक्षिप्त पुस्तिक उन लोगों के लिए उपयोगी होगी, जो ईमानदारी

से संघ के इतिहास के इस महत्त्वपूर्ण हिस्से के बारे में जानना चाहते हैं।

इस पुस्तक का विचार मेरे मन में जगाने के लिए मैं श्री मनमोहन वैद्य को विनम्रता से धन्यवाद देता हूँ तथा भारती वेब के प्रमुख श्री मिलिंद ओक का आभारी हूँ, जिन्होंने मेरे सभी संदर्भों को ध्यानपूर्वक दोबारा परखा।

वर्ष प्रतिपदा, विक्रमी संवत् 2076

—रतन शारदा

अनुक्रम

प्रस्तावना *7*

1946-47 में अमृतसर में शहीद
संघ के स्वयंसेवक और अन्य जाने-माने नागरिक *15-21*

1. डॉ. हेडगेवार : एक देशभक्त और स्वतंत्रता सेनानी 23
2. श्रीगुरुजी : मौन तपस्वी नेतृत्व 41
3. 15 अगस्त, 1947 सभी भारतीयों के लिए स्वतंत्रता लेकर नहीं आया 58
4. राजनैतिक ईर्ष्या और संघ पर निशाना 90

5. निष्कर्ष *106*

6. संदर्भ *114*

1946-47 में अमृतसर में शहीद संघ के स्वयंसेवक और अन्य जाने-माने नागरिक

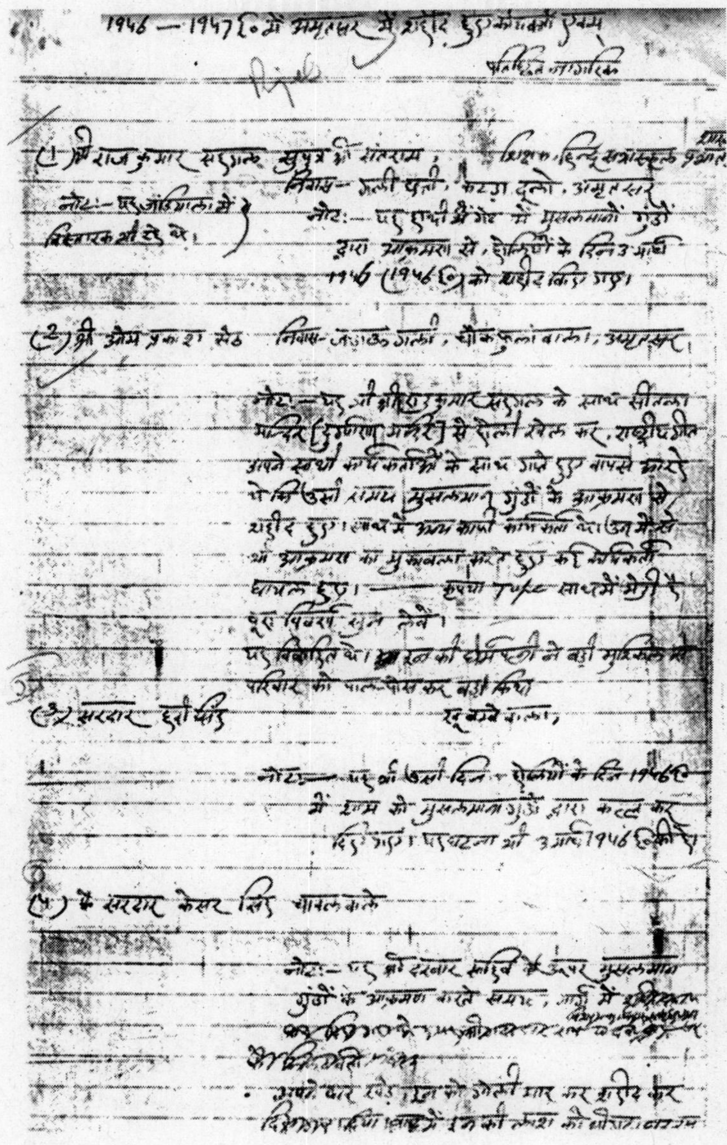

1946 — 1947 ई० में अमृतसर में शहीद हुए कार्यकर्ता एवम्
प्रतिष्ठित नागरिक

(1) श्री राजकुमार सहगल सुपुत्र श्री संतराम, शिक्षक हिन्दू सभा स्कूल [illegible]
निवास— गली पत्ती, कटड़ा दूलो, अमृतसर
नोट:— यह [illegible] में मुसलमानों गुंडों द्वारा आक्रमण से, होलियों के दिन 3 मार्च 1946 (1946 ई०) को शहीद किए गए।

नोट:— यह [illegible] में विस्तारक [illegible] थे।

(2) श्री ओम प्रकाश सेठ निवास— [illegible] गली, चौक फुलां वाला, अमृतसर।

नोट— यह श्री [illegible] राजकुमार सहगल के साथ सीतला मन्दिर [दुर्गियाणा मन्दिर] से होली खेल कर, राष्ट्रीय गीत अपने साथी कार्यकर्ताओं के साथ गाते हुए वापस आ रहे थे कि उसी समय मुसलमान गुंडों के आक्रमण से शहीद हुए। साथ में [illegible] कार्यकर्ता थे। उन में से [illegible] आक्रमण का मुकाबला करते हुए [illegible] घायल हुए। — कृपया [illegible] साथ में भेजी है पूरा विवरण [illegible] लेवें।
यह विवाहित थे। [illegible] की धर्मपत्नी ने बड़ी मुश्किल से परिवार को पाल-पोस कर बड़ा किया

(3) सरदार [illegible] [illegible] वाला,

नोट— यह भी उसी दिन होलियों के दिन 1946 ई० में शाम को मुसलमान गुंडों द्वारा कत्ल कर दिए गए। यह घटना भी 3 मार्च 1946 ई० की है।

(4) सरदार केसर सिंह चावल वाले

नोट:— यह श्री दरबार साहिब के ऊपर मुसलमान गुंडों के आक्रमण करते समय, [illegible] में [illegible]
[illegible]
और [illegible]
• अपने घर [illegible] को गोली मार कर शहीद कर दिया [illegible] की लाश को [illegible]

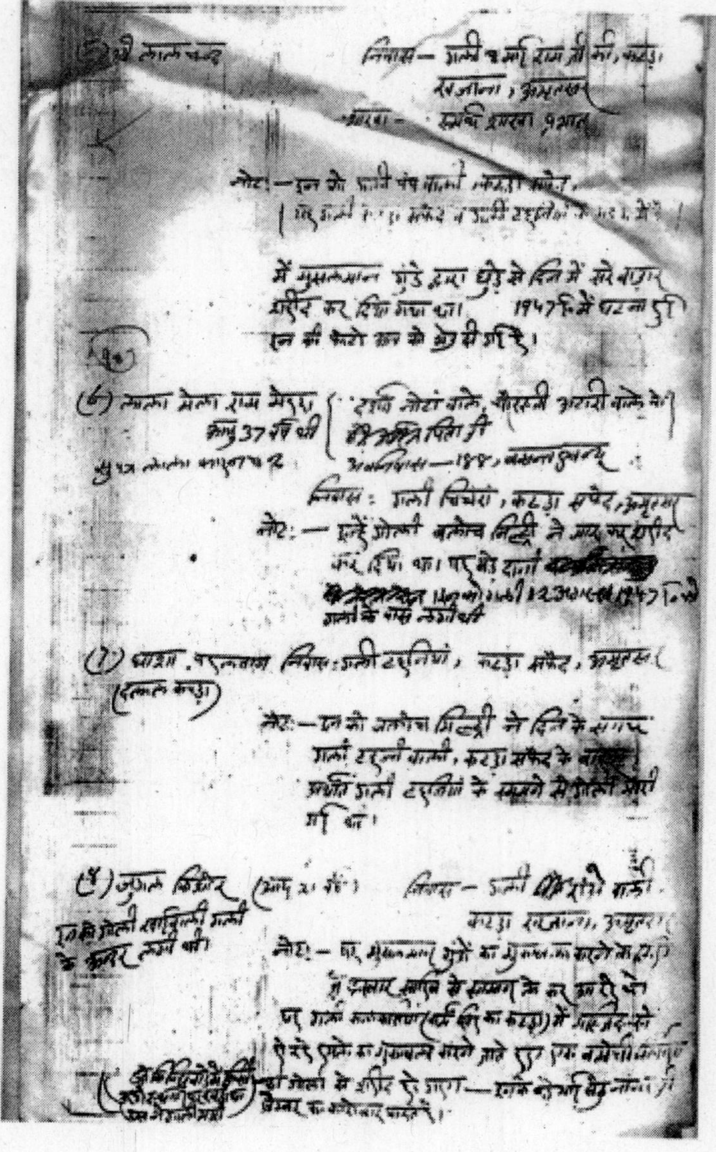

(5) श्री लाल चन्द — निवास — गली [illegible] राम [illegible], कटड़ा, खज़ाना, अमृतसर

[illegible] — [illegible]

नोट:— इन को [illegible]

[illegible]

में मुसलमान गुंडे द्वारा [illegible] दिन में [illegible] बाज़ार शहीद कर दिया गया था। 1947 ई॰ में घटना हुई

[illegible]

(6) लाला [illegible] राम [illegible] आयु 37 वर्ष थी — [illegible] वाले, [illegible] वाले [illegible] पिता जी [illegible] — 1848 [illegible]

[illegible]

निवास: गली [illegible], कटड़ा सफेद, अमृतसर

नोट:— इन्हें [illegible] बलोच मिल्ट्री ने [illegible] शहीद कर दिया था। [illegible] 12 [illegible] 1947 [illegible]

(7) [illegible] निवास: गली [illegible], कटड़ा सफेद, अमृतसर (दलाल कपड़ा)

नोट:— इन को बलोच मिल्ट्री ने दिन के [illegible] गली [illegible], कटड़ा सफेद के [illegible] गली [illegible] के सामने से गोली मारी गई थी।

(8) जुगल किशोर (आयु [illegible] वर्ष) — निवास — गली [illegible] वाली, कटड़ा खज़ाना, अमृतसर

[illegible] गोली [illegible] गली के [illegible] लगी थी।

नोट:— [illegible] मुसलमान गुंडों का मुकाबला करते [illegible] [illegible] गली [illegible] में [illegible] मुकाबला करते [illegible] गोली से शहीद हो गए — [illegible]

[illegible]

1947 ई० में शहीद कार्यकर्ता

(9) श्री लाल चन्द खन्ना — निवास — गली बद्री नाथ, कटड़ा परजा, अमृतसर

(10) श्री पन्ना लाल — निवास — गली बद्री नाथ, कटड़ा परजा, अमृतसर

(11) श्री नन्द लाल, मेहरा, गली नैन सुख, कटड़ा परजा, अमृतसर

नोट :— इन को मस्जिद से मुसलमानों द्वारा अपने घर के ऊपर खड़े गोली लगी थी। घटना मार्च 1947 ई० में हुई।

नोट : इन का फोटो लिया जा रहा है

(12) सरदारी लाल — गली नैन सुख, कटड़ा परजा,

नोट :— इन को भी अपने घर के ऊपर गोली लगी थी। गोली मुसलमानों ने मारी थी।

(13) श्री गोपाल दास — निवास :— गली [illegible], नमक मंडी,

1947 ई० की घटना :— अपने घर पर बम बनाते हुए इन के हाथ में बम फट गया। जिस से [illegible] की [illegible] मृत्यु हो गई। [illegible] और [illegible] हुआ था।

[illegible] मौके पर 9 [illegible] कार्यकर्ता [illegible] थे सब घायल हो गए थे। उन में अधिक घायल होने वालों में श्री [illegible] लाल मेहरा, [illegible] (1) श्री [illegible], [illegible] श्री मनोहर लाल जो [illegible] लड़कों के गुरु [illegible] कटड़ा भी सर [illegible] थे। ये सब [illegible] [illegible], परमोट [illegible] से चलते फिरते हो गए।

(14) गौरी पहलवान

दुकान, चौक [illegible] अटारी में सांईं के बरतन वालों की।
नोट = 1947 ई में अमलवां वाला और जत्था के निकट इन के हाथ में बम फट गया था जिस से इन की [illegible] शहीद होगई। इन का शरीर बड़ा गठीला था। इन जैसी छाती शायद ही किसी की होगी।
मृत्यु समय इन की आयु 30 वर्ष थी।
यह मुसलमान गुंडों की गोली-बारी का मुकाबला (प्रतिरोध) करते जाते हुए मर गए।
कुछ लोग यह भी बताते हैं कि यह उस समय शराब के नशे में थे। — तब इन की आयु 30 वर्ष थी

(15) . . . . . एक गुमनाम शहीद

नोट। — इन का नाम मालूम नहीं हो सका। यह सेवा सोसाइटी, फायर ब्रिगेड, टाउन बस्ती राम में कर्मचारी थे। — नेता नाड़ियां, कटड़ा कर्म सिंह में मुसलमानों द्वारा हिन्दुओं के मकानों को लगाई आग को बुझाते हुए गोली लगने से शहीद होगए।

नोट:— यह वर्णन श्री अमर नाथ धवन (आफ़...) नमक मंडी वालों ने लिखवाया। यह तब 1947 ई में सेवा सोसाइटी फायर-ब्रिगेड, टाउन बस्तीराम, अमृतसर के मुख्य अधिकारी थे।

(16) सतपाल

कटड़ा कर्म सिंह, निकट गली लाहौरियां पर मुसलमानों द्वारा शहीद कर दिए गए थे। — यह वर्णन श्री जागीरी लाल (पुष्पराज) ने लिखवाया

नोट:— जागीरी लाल जी गली लाहौरियां वाले द्वारा 1947 ई का विस्तार से वर्णन [illegible] द्वारा किया गया था [illegible]

(17) जगदीश जी भाटिया" निवास = गली सत्तो वाली, [illegible] मंडी
S/o श्री [illegible] भाटिया [illegible] कटड़ा कर्म सिंह, [illegible]
[illegible]

घटना — [illegible] अपने 10–12 [illegible] के साथ [illegible]
[illegible] में आने के [illegible] मिल्ट्री द्वारा गोली से शहीद हुए।

नोट — आज भी गली सत्तो वाली के मुख्य द्वार पर "श्री जगदीश भाटिया गेट" नाम खुदा है।
इन की [illegible] पूर्ण [illegible] अमृतसर में [illegible] हैं। इनकी दोनों बहनें दिल्ली में रहती हैं। [illegible]

(18) श्री सुदर्शन भाटिया" निवास — गली [illegible] वाली, नमक मंडी,
S/o श्री मास्टर किशनचंद भाटिया [illegible]

1947 ई० [illegible] सत्तो वाला को पार करते [illegible] सामने से [illegible] नाम के मुसलमान द्वारा चलाई गोली [illegible] की गर्दन के आर पार हो गई। और यह वीर वहीं ढेर हो गए।
मृत्यु से कुछ [illegible] दिन [illegible] समय [illegible] जैसी कोई चीज़ पड़ गई थी तब से इन की आँखों में [illegible] रहते [illegible] था परन्तु यह (उस [illegible] की चिन्ता नहीं) करते थे। — यह जगदीश भाटिया (शहीद) के रिश्तेदार थे।

(19) किरपा राम निवास — पुतली घर, अमृतसर

नोट: — यह [illegible] [illegible] के समय वीरता पूर्वक शहीद हो गए थे।
इस घटना का पूर्ण [illegible] केवल [illegible], गली [illegible] वाली, अमृतसर ने लिखवाया है। [illegible] को यह [illegible] से [illegible] कर [illegible] गया है।
कृपया पढ़ लेवें। —— इस [illegible] में अमृतसर के [illegible] 17–18.

(20) राम लुभाया सेठ (23 वर्ष आयु) निवास = गली [illegible], [illegible]
सुपुत्र श्री देवी दास नोट: — इन को [illegible] कटड़ा [illegible] सिंह में हिन्दुओं की [illegible] करते हुए बलोच मिल्ट्री की गोली लगी। (उस वक्त गली वाले श्री [illegible] लाल सेठ इन को उठा कर हस्पताल ले

लेकिन जहां इन की मृत्यु हो गई। यह विवाहित थे। इनके तीन बच्चे थे। जोकि अब भी अपने पुराने [illegible] स्थान पर रह रहे हैं। इनके बड़े पुत्र श्री [illegible] हैं। [illegible] इनकी पत्नी ने शुरू २ में अपने बच्चों को बड़ी कठिनाई से पाला-पोसा। भगवान की कृपा से आजकल (1997 ई० में) इन की आर्थिक स्थिति काफी अच्छी है।

21) लाला ठाकुर दास खन्ना   दुकान :- लाला रलाराम मल बजाजवाला, बाहर घंटा घर, अमृतसर

सुपुत्र, लाला रलाराम मल

निवास = कटड़ा आहलूवालिया

नोट :- तारीख 7-8-1947 ई०

यह स्वामी [illegible] के थे। इन्हें कटड़ा आहलूवालिया चौक के पास बाजार [illegible] की नुक्कड़ (हलवाई की दुकान के पास) पर [illegible] छुरा मारकर शहीद कर दिया गया। छुरा मारनेवाला [illegible] का नामी बदमाश था। उस मुस्लिम गुंडे का नाम "कुब्बा कसाई" था। कई लोग इसे कुब्बा पठान भी कहते थे।

इस कत्ल के बाद कुछ दिनों बाद जब लाला ठाकुर दास का [illegible] किशोर यह समाचार सुन कर बाहर से आया तो उस ने [illegible] से राइफल ले कर, कई मुस्लिम गुंडों को मार कर बदला चुकाया। वैसे भी यह N.C.C. के Camp से उस समय वापस आया था। शस्त्र चलाने का अभ्यास इसे पहले से ही था।

नोट :- यह [illegible] [illegible] [illegible]

22) पंडित मुन्नीलाल   निवास- [illegible], कटड़ा चढ़त सिंह

घटना :- इन के पांव में बलोच-पुलिस ने गोली मारी थी। बाद में 2 दिनों बाद हस्पताल में इन की मृत्यु हो गई थी।

नोट :- [illegible] [illegible]

1947 ई० में शहीद कि[illegible] अमृतसर

(23) कृष्ण लाल) गली कमों वाली, कटड़ा ड्योढ़ी, अमृतसर
घटना — घर पर बम फटने से मृत्यु 1947 ई०
घर की छत भी उड़ गई थी।

(24) श्यामलाल रंगवाले
घटना — कटड़ा [illegible] में कत्ल हुए।
इसके बाद मुस्लिम गुंडों पर हमला किया गया।
चौक पासियाँ में मुस्लिम लोगों गुंडे का कत्ल हुआ
जिस में रखी लाला, गली [illegible] वाले का
नाम आ गया था।

(25-26) सरदार हरीसिंह व अमरसिंह (दोनों पिता-पुत्र)
चौक पशमवाला (चौक फरीद) अमृतसर
इन दोनों को मुसलमानों ने चौक फरीद में
निकट, गली घजुरियां में कत्ल कर दिया था।

(27) राम लोक शर्मा (आयु 45 वर्ष थी) (चपरासी बैजनाथ स्कूल,) थी मंडी बांच,
इस को बाज़ार चाटड़ वाला, निकट मन्दिर भैरों में घुड़ी मारकर
शहीद कर दिया गया था

28) पुजारी पंडित बंसीलाल का पुत्र" यह ठाकुर द्वारा शंकर दास का कहलाता है
यहां पर पुजारी और पुत्र रहते थे। यहां मन्दिर में पुत्र
को मुसलमानों ने गोली मार कर शहीद कर दिया था
पुत्र मन्दिर में ही मर गया था। — कर्फ्यू लगा होने
के कारण उस का संस्कार भी मन्दिर में करना पड़ा था।

29) चौकीदार (पहाड़िया) इसको गली घजुरियां, बाज़ार चमड़े वाले में
पहरेदारी करते समय, बलोची सिपाही ने गोली मार
कर शहीद कर दिया।

1

डॉ. हेडगेवार : एक देशभक्त और स्वतंत्रता सेनानी

"यह बात जितनी सच है कि किसी को भी कैद किए जाने या कालापानी भेजे जाने, या फाँसी पर लटकाए जाने के लिए तैयार रहना चाहिए, उतनी ही सच यह बात भी है कि किसी को भी लेशमात्र भ्रम नहीं होना चाहिए कि जेल जाना स्वर्ग में प्रवेश करने जैसा है, मानो कैद किए जाने का अर्थ ही स्वतंत्रता प्राप्ति है। किसी को भी निश्चत रूप से यह नहीं समझ लेना चाहिए कि जेलों को भर देने से हमें स्वतंत्रता या स्वराज्य की प्राप्ति हो जाएगी। सच्चाई यह है कि जेल से बाहर रहकर कोई राष्ट्र की सेवा अनेक प्रकार से कर सकता है।"

—डॉ. केशव बलिराम हेडगेवार का 1921 में एक वर्ष की कैद का आदेश प्राप्त करने पर जनता को संबोधन

(एन.एच. पालकर, डॉ. हेडगेवार, पृष्ठ 91)

डॉ. हेडगेवार दृढ़ इच्छाशक्ति वाले व्यक्ति थे, जिन्होंने बचपन में ही कॉलरा की महामारी के कारण अपने माता-पिता को खो दिया था। इस कारण वे एक अभावग्रस्त जीवन व्यतीत कर रहे थे, लेकिन वे अपने जीवन के उद्देश्य, भारतमाता को स्वतंत्र कराने के लक्ष्य को कभी नहीं भूले। बचपन में देशभक्ति के मतवाले बालक के

रूप में उनकी गतिविधियों की अनेक कहानियाँ हैं, जो हमें बताती हैं कि जिस उम्र में बच्चों की इच्छा खेल-कूद में होती है, उसमें उनके मन में स्वतंत्रता की ज्वाला धधक रही थी। वे नील सिटी स्कूल में जब मैट्रिक (आज जिसे एस.एस.सी. कहते हैं) के छात्र थे, तब उनके संघर्ष की कहानी उल्लेख करने योग्य है। 1906 में *'वंदे मातरम्'* के नारे पर प्रतिबंध लगानेवाले कुख्यात 'रिसली सर्कुलर' के विरोध में उन्होंने अपने स्कूल के छात्रों को संगठित किया, ताकि स्कूल का इंस्पेक्टर जब स्कूल के निरीक्षण के लिए आए तो वे सभी *'वंदे मातरम्'* का नारा लगाकर उसे चौंका दें। इस घटना के बाद इंस्पेक्टर ने जब कार्यवाही की धमकी दी, तो यह आंदोलन उग्र हो गया और छात्रों ने कक्षा का बहिष्कार कर दिया। लगभग एक महीने तक यह जारी रहा। स्कूल से निकाले जाने की धमकी के बाद भी किसी छात्र ने उनका नाम नहीं बताया। आखिरकार, वे स्वयं सामने आए, क्योंकि वे नहीं चाहते थे कि उनके साथियों को नुकसान उठाना पड़े। उन्हें स्कूल से निकाल दिया गया।[1]

कोलकाता में, जहाँ वे डॉक्टरी की पढ़ाई करने गए थे, वहाँ क्रांतिकारियों के साथ उनकी मुलाकातों को उनके जीवनी लेखकों ने सही ढंग से दस्तावेजों में दर्ज किया है। अनुशीलन समिति में उनके समकालीन श्री त्रैलोक्यनाथ चक्रवर्ती ने उनकी और उनके कार्यों की चर्चा अपनी आत्मकथा *'जेल में तीस बरस'* में की है। इस पुस्तक में उन्होंने टीम के एक सदस्य के रूप में उनकी तस्वीर भी प्रकाशित की।[2] पुलिस की फाइलों में उनका गुप्त नाम 'कोकेन' था।[3] उनके साथी बताया करते थे कि रात में बेवक्त वे गेस्ट हाउस से कहीं चले जाया करते थे।

डॉक्टरी की डिग्री पूरी करने के बाद वे भारत को स्वतंत्र कराने के अपने सपने को आगे बढ़ाने के लिए नागपुर लौट आए। उन्होंने विवाह करने से इनकार कर दिया, क्योंकि उन्होंने अपना जीवन राष्ट्र

के प्रति समर्पित करने का फैसला कर लिया था। उन्होंने देखा था कि स्वतंत्रता-संग्राम के अधिकांश नेता विवाहित थे। उनका मानना था कि इससे उनका ध्यान अपने कर्तव्य से भटक सकता है।[5] उस समय तक उन्होंने यह समझ लिया था कि छिट-पुट हिंसक कार्यवाही से अंग्रेजों को खदेड़ना संभव नहीं है तो उन्होंने अहिंसा की राह को चुना और कांग्रेस में शामिल हो गए।

डॉ. केशव बलिराम हेडगेवार : कांग्रेस पार्टी के एक कर्मठ सदस्य

डॉ. हेडगेवार नागपुर में 1920 में आयोजित भारतीय राष्ट्रीय कांग्रेस के राष्ट्रीय अधिवेशन के डॉ. हर्डिकर के साथ सह-आयोजक थे। उन्होंने इसके लिए लगभग 1,200 स्वयंसेवकों की भरती की थी। डॉ. हेडगेवार उस समय भारतीय राष्ट्रीय कांग्रेस के नागपुर शाखा के संयुक्त सचिव थे। उन्होंने इतना बेहतरीन काम किया कि पार्टी में उनका कद और उनका समर्थन तेजी से बढ़ा। उस समय तक कांग्रेस ब्रिटिश शासन के आधीन एक उपनिवेश के नाते केवल 'स्वशासन' की माँग कर रही थी। उस अधिवेशन में भी कांग्रेस ने इसी विचार को आगे बढ़ाया। हालाँकि डॉ. हेडगेवार ने संकल्प समिति के सदस्य होने की हैसियत से समिति के समक्ष 'पूर्ण स्वतंत्रता' की माँग करते हुए प्रस्ताव पेश किया था, जिसे खारिज कर दिया गया।

उस प्रस्ताव में लिखा था, *"कांग्रेस का लक्ष्य पूर्ण स्वतंत्रता प्राप्त करना और भारतीय गणतंत्र की स्थापना करना तथा दुनिया के अन्य देशों को पूँजीवादी साम्राज्यवाद के शोषण से मुक्त कराना है।"* 6 मार्च, 1921 के अंक में पत्रिका मॉडर्न रिव्यू ने लिखा, "जिस प्रस्ताव ने गंभीर विचारकों ने मजाक का विषय बना दिया था, उसपर बेहतर तरीके से गौर किया जाना चाहिए था। समिति का व्यवहार सराहनीय कदापि नहीं

था।"[7] यह अधिवेशन लंबे समय तक लोकमान्य तिलक की अकाल मृत्यु के लिए याद रखा जाएगा, जो कि अधिवेशन से ठीक पहले हुई थी। उन्हें इस सत्र की अध्यक्षता करनी थी। इस सत्र से गांधीजी का उदय होने लगा और वे कांग्रेस के अद्वितीय अग्रणी नेता बन गए।

यह ध्यान देने योग्य बात है कि कांग्रेस ने पूर्ण स्वतंत्रता के अपने संकल्प की घोषणा इसके 9 साल बाद 1929 में लौहार के अधिवेशन में की। यह दिखाता है कि डॉ. हेडगेवार भारत को लेकर अपनी सोच में अपने समय के नेताओं से बहुत आगे थे, और न केवल स्वतंत्र देश चाहते थे, बल्कि उपनिवेश बनाए गए अन्य देशों की भी उस शासन से स्वतंत्रता प्राप्ति में सहायता करना चाहते थे, जिसे वे 'पूँजीवादी साम्राज्यवाद' कहते थे।

पहला कारावास

सन् 1921 में *'असहयोग आंदोलन'* में हिस्सा लेने के कारण उन्हें पहली बार कारावास की सजा मिली। यह आंदोलन लगभग उस समय चला, जब गांधीजी और कांग्रेस के सक्रिय समर्थन से खिलाफत आंदोलन तेजी पकड़ रहा था। खिलाफत आंदोलन को समर्थन देने को लेकर कांग्रेस में बेचैनी थी, विशेष रूप से नागपुर में, जो कि लोकमान्य तिलक के समर्थकों का गढ़ था। उन्हें लगता था कि खिलाफत को स्वतंत्रता के आंदोलन से जोड़ना ठीक नहीं है।

चाहे डॉ. हेडगेवार भी खिलाफत आंदोलन के विरुद्ध थे, लेकिन वे नहीं चाहते थे कि गांधीजी का 'असहयोग आंदोलन' कमजोर पड़े। इसलिए वे पूरी ऊर्जा के साथ असहयोग आंदोलन में कूद पड़े, ताकि औपनिवेशिक शासन से स्वतंत्रता की बड़ी लड़ाई को नुकसान न पहुँचे। असहयोग आंदोलन को ताकत देने के लिए डॉ. चौलकर, समीउल्लाह खान और डॉ. हेडगेवार काफी सक्रिय हो गए।[8] असहयोग

आंदोलन को गति देने के लिए डॉक्टरजी ने खिलाफत के प्रबल समर्थक समीउल्लाह खान के साथ भी काम किया। उनका ऐसा करना उनकी स्वतंत्रता आंदोलन के प्रति समर्पण और दूरदर्शिता का प्रमाण है।

डॉ. हेडगेवार ने 2-3 महीने के दौरान डॉ. मुंजे के साथ भंडारा, खापा, केलवाड़, तलेगाँव, दशसहस्र, देवली, वर्धा, बोरी आदि में बेहद आक्रामक भाषण दिए। उन्हें रोकने के लिए जिला कलेक्टर सिरिल जेम्स इरविन ने 23 फरवरी, 1921 को जारी एक नोटिस के जरिए एक साल तक उनके सार्वजनिक भाषणों और बैठकों के आयोजन पर पाबंदी लगा दी।[8ए] उन्होंने अपनी बैठकें बंद नहीं कीं। आखिर में, मई 1921 में उन पर 'आपत्तिजनक भाषणों' के लिए मुकदमा चलाया गया। 5 अगस्त को अपने बचाव के लिए उन्होंने जो दलील दी, उसमें इतना जोश था कि जज समी ने कहा, *"बचाव में दिया उनका बयान उनके भाषण से भी अधिक उकसाने वाला है!"*[9] 19 अगस्त को उन्हें एक साल के कारावास की सजा दी गई।[10] जेल जाते समय उनके प्रेरक भाषण के अंश इस अध्याय के आरंभ में उद्धृत हैं—

"यह बात जितनी सच है कि किसी को भी कैद किए जाने, या कालापानी भेजे जाने, या फाँसी पर लटकाए जाने के लिए तैयार रहना चाहिए, उतनी ही सच यह बात भी है कि किसी को भी लेशमात्र भी भ्रम नहीं होना चाहिए कि जेल जाना स्वर्ग में प्रवेश करने जैसा है, मानो कैद किए जाने का अर्थ ही स्वतंत्रता प्राप्ति है। किसी को भी निश्चत रूप से यह नहीं समझ लेना चाहिए कि जेलों को भर देने से हमें स्वतंत्रता या स्वराज्य की प्राप्ति हो जाएगी। सच्चाई यह है कि जेल से बाहर रहकर भी कोई राष्ट्र की सेवा अनेक प्रकार से कर सकता है।"

12 जुलाई, 1922 को वे जब जेल से बाहर आए तो मूसलाधार बारिश के बावजूद उनका गर्मजोशी से स्वागत किया गया। खराब मौसम के कारण वेंकटेश थिएटर में शाम को उनका सार्वजनिक

स्वागत हुआ। कांग्रेस के शीर्ष राष्ट्रीय नेता उनका स्वागत करने आए। उनमें हकीम अजमल खाँ, पंडित मोतीलाल नेहरू, राजगोपालाचारी, डॉ. अंसारी, विट्ठलभाई पटेल और कस्तूरीरंगन आयंगर शामिल थे। पंडित मोतीलाल नेहरू और हकीम अजमल खाँ ने भी इस कार्यक्रम को संबोधित किया। जनसाधारण के सामने डॉ. हेडगेवार ने कहा, *"किसी जेल में एक साल के लिए राज्य का अतिथि बन जाने का अर्थ यह नहीं कि मेरी योग्यता बढ़ गई है, न ही दुनिया में इसने मुझे कोई नई पहचान दी है। यदि ऐसा है कि मेरी योग्यता बढ़ी हुई लगने लगी है तो इसके लिए सरकार को धन्यवाद दिया जाना चाहिए··पूर्ण स्वतंत्रता से कम कोई भी लक्ष्य आदर्श नहीं होगा।"*[11] उनके संपूर्ण जीवनकाल में हम आत्मविलोपन की एक भावना को देखते हैं, जो उनके सभी कार्यों का विशिष्ट लक्षण थी और यह बात संघ में भी झलकती है, यानी सामाजिक हितों को अपने हितों से ऊपर रखना और अपने प्रचार से दूर रहना।

एकता और आत्मत्याग ही कुंजी है

रिहा किए जाने के बाद वे विभिन्न स्तरों पर कांग्रेस के लिए कार्य करते रहे। 1922 में वे राज्य कांग्रेस समिति के संयुक्त सचिव के रूप में निर्वाचित हुए। उस समय बेहद कट्टर रुख अपनाने की भी एक प्रवृत्ति थी। दूसरों के विचारों को पराजित करने के लिए वाक्युद्ध हुआ करते थे, जिन्हें टाला जा सकता था। मध्य प्रांत में लोकनायक अणे की अध्यक्षता में कार्य कर रहे क्रांतिकारियों की आलोचना करनेवाले एक प्रस्ताव को वर्ष 1921 में लाया गया। डॉ. हेडगेवार ने अपना मत रखा कि समिति यदि क्रांतिकारियों के मार्ग को नहीं अपनाना चाहती, तो भी उसके सदस्यों को उनकी देशभक्ति पर संदेह नहीं करना चाहिए।[12] उन्होंने तिलक-गांधी, हिंसा-अहिंसा और कांग्रेस-क्रांतिकारियों आदि

जैसे विभिन्न गुटों से उचित दूरी बनाए रखी। उनके लिए इन आमने-सामने खड़े गुटों, हस्तियों तथा विशेष मार्गों की अपेक्षा स्वतंत्रता प्राप्ति अधिक महत्त्वपूर्ण थी। पंडित रामगोपाल विद्यालंकार उन दिनों को याद करते हुए कहते हैं, "मतभेद के बाद भी डॉक्टर सौहार्दपूर्ण संबंध बनाए रखता था। इस कारण मैं जब भी उसके घर जाता तो वह दिल खोलकर हँसता और मुझ से कहता था कि मैं आपका स्वागत करता हूँ, लेकिन आपके विचारों का नहीं।"[13] इसी प्रकार, वकील रुइकर से भी उनके बहुत अच्छे संबंध थे, जो एक समर्पित कम्युनिस्ट थे।

18 मार्च, 1922 को महात्मा गांधी को 6 वर्ष के कारावास की सजा सुनाई गई। यह फैसला हुआ कि जब तक उन्हें रिहा नहीं किया जाता, तब तक प्रत्येक महीने की 18वीं तारीख को गांधी दिवस मनाया जाएगा। अक्तूबर की इस तारीख पर डॉ. हेडगेवार ने गांधीजी पर जो कहा, वह इस प्रकार है, "आज अत्यधिक पावन दिन है। आज का दिन गांधी जैसे महान् व्यक्ति के उत्कृष्ट गुणों को सुनने और उन पर विचार करने का दिन है··· *गांधीजी का सबसे बड़ा गुण किसी कार्य के लिए आत्मत्याग के लिए तैयार रहना है, जब तक कि वह कार्य अपनी परिणति तक नहीं पहुँच जाता है।* उनके आंदोलन के अनुयायियों को उनके इस सबसे महत्त्वपूर्ण गुण से सीख लेनी चाहिए, यानी आत्मत्याग और स्वार्थ को छोड़ देना।"[14]

उस समय की एक दिलचस्प घटना का विवरण मिलता है, जिससे पता चलता है कि अहिंसा के नाम पर किसी भी प्रकार के अनुशासन से कांग्रेस संगठन को कितनी चिढ़ थी। वर्ष 1923 में काकीनाडा के कांग्रेस अधिवेशन में डॉ. एन.एस. हर्डिकर ने कांग्रेस स्वयंसेवकों में अनुशासन की भावना पैदा करने के लिए 'हिंदुस्थानी सेवादल' का गठन किया था। हालाँकि, कांग्रेस के नेताओं ने इसकी कड़ी आलोचना की। सेवादल में अनेक प्रमुख कांग्रेस नेतागण थे, फिर भी पंडित नेहरू

इस कड़ी प्रतिक्रिया से आश्चर्य में थे। उन्होंने लिखा, *"हमें जब बाद में पता चला कि प्रमुख कांग्रेस नेताओं में सेवादल को लेकर इतना विरोध है तो हम हैरान रह गए।* कुछ ने कहा कि यह खतरनाक दिशा में जा रहा है, क्योंकि इसका अर्थ कांग्रेस में सैन्यतत्त्व का प्रवेश है और यह सैन्य टुकड़ी नागरिक सत्ता पर कब्जा जमा सकती है! कुछ अन्य लोगों को यह लग रहा था कि स्वयंसेवियों के लिए केवल उसी अनुशासन का पालन करना आवश्यक था, जो ऊपर से जारी किया जाता था और अन्य बातों के लिए इन स्वयंसेवियों का पास फटकना भी सही नहीं था। *कुछ लोगों के दिमाग में यह बात चल रही थी कि प्रशिक्षित और अनुशासित स्वयंसेवियों का यह विचार कांग्रेस के अहिंसा के सिद्धांत के अनुकूल नहीं है।"*[15] डॉक्टर हेडगेवार इस विचार के विरुद्ध थे कि आपको सिर्फ दरी बिछानेवाले और कुरसियाँ लगानेवाले, 'जी सर' कहनेवाले स्वयंसेवियों की जरूरत है। कांग्रेस में प्रभुत्व रखने वाले वर्ग में अनुशासन के विरुद्ध एक सनक सी थी। शायद इसी कारण हमारा गणतंत्र और हमारी राजनीति, दोनों अराजक तरीके से विकसित हुए।

हिंदू समाज में सुधार के प्रति डॉ. हेडगेवार का निर्णय

स्वतंत्रता आंदोलन में सक्रिय रहने के दौरान एक प्रश्न डॉ. हेडगेवार को सदैव परेशान किया करता था। कैसे मुट्ठी भर अंग्रेज 7,000 कि.मी. से सात समंदर पार आकर और हमारे इस विशाल राष्ट्र पर शासन करने लगे? अपने सार्वजनिक जीवन के दौरान उन्होंने यह महसूस किया कि इसका कारण हमारी और हमारे समाज की अपनी कमियाँ हैं। हमारे समाज ने अपने इतिहास को भुला दिया और जाति, भाषा तथा क्षेत्रवाद में बँट गया। उन्होंने देखा कि समाज बिखरा हुआ है और उन शोषक परंपराओं में उलझा है, जिनका लाभ अंग्रेज उठा सकते थे। यदि स्वतंत्रता प्राप्त करने के बाद भी हम नहीं बदले, तो

इतिहास अपने आप को दोहरा सकता है। एक शोषक जाएगा दूसरा आ जाएगा, बस यही होगा। *इस कारण सबसे महत्त्वपूर्ण मौलिक कार्य देश को जाति और संप्रदाय की भावना से ऊपर उठाने का, इसे शोषक परंपराओं से मुक्ति दिलाने का और राष्ट्रीय चेतना को जगाने का प्रतीत हो रहा था। उन्हें समझ आ रहा था कि यह राजनीति और प्रचार से दूर रहकर तथा अनवरत रूप से मौन रहते हुए कार्य करने से ही संभव है।*[16]

मन में इस विचार के साथ, उन्होंने 1925 को विजयादशमी के दिन अपने घर पर अपने 22 सहयोगियों के साथ हुई एक बैठक में संघ का गठन किया। 'राष्ट्रीय स्वयंसेवक संघ' नाम का निर्णय डॉ. हेडगेवार के द्वारा नहीं, बल्कि उस टीम की ओर से अप्रैल 1926 को लिया गया था, जिसने कुछ महीने पहले इसका गठन किया था। यहाँ संघ की जो मूलभूत विशेषता देखने में आती है वह यह है कि कागजी काम या किसी लेबल या प्रसिद्धि से अधिक वास्तविक कार्य करने की प्रबल इच्छा सभी में रहती है। प्रतिदिन इकट्ठा होने का तरीका, जिसे शाखा कहते हैं, यह एक अनोखा विचार था। संघ की स्थापना के बाद भी, सभी प्रकार की विचारधारा वाले राजनीतिज्ञों और समाजसेवी नेताओं से उनके सौहार्दपूर्ण संबंध थे।

संघ के इस संगठन का जन्म किसी नेता या राजनैतिक दल से राजनैतिक मतभेदों के कारण नहीं हुआ, बल्कि हिंदू समाज को संगठित करने और उसमें सुधार लाने की स्पष्ट सकारात्मक सोच के साथ हुआ। इस निर्णय की उत्पत्ति किसी व्यक्ति या समुदाय के विरुद्ध नकारात्मकता से नहीं हुई।

डॉ. हेडगेवार कांग्रेस में बने रहकर एक प्रमुख नेता बन सकते थे। लेकिन उन्होंने एक अलग मार्ग को चुना, अधिक कठिन मार्ग को, जहाँ उन्होंने मनुष्य के परिश्रम करने की सीमा को पार करते हुए त्याग,

स्वार्थहीन सेवा तथा बंधुत्व की प्रेमपूर्ण भावना पर आधारित एक नए संगठन को रूप दिया। चरित्रवान, देशभक्त और अनुशासित नागरिकों के निर्माण की दिशा में कार्य करने वाले एक नवोदित संगठन के रूप में संघ को लंबा रास्ता तय करना था। मनुष्यों को ढालना एक धीमी प्रक्रिया होती है। लेकिन 1930 आते-आते संघ ने अपने पंखों को कुछ हद तक फैला लिया और नागपुर के आसपास के क्षेत्रों में अपना विस्तार किया।

पूर्ण स्वतंत्रता के प्रति संपूर्ण समर्पण

दिसंबर 1929 के अखिल भारतीय कांग्रेस समिति के लाहौर अधिवेशन में कांग्रेस ने 'पूर्ण स्वतंत्रता' को अपना लक्ष्य घोषित किया। इस लक्ष्य के अनुसार, 26 जनवरी, 1930 को स्वतंत्रता दिवस के रूप में मनाने का एक प्रस्ताव पास किया गया। डॉ. हेडगेवार ने संघ की अपनी सभी शाखाओं को एक संदेश भिजवाया, "हम सभी यह देखकर खुश हैं कि कांग्रेस ने अपने लक्ष्य को स्पष्ट कर दिया है। इसलिए यह हमारा कर्तव्य है कि हम इस संगठन का समर्थन और सहयोग करें। यह स्वाभाविक भी है। इस कर्तव्य के अनुसार, 26 जनवरी, 1930 की शाम 6.30 बजे सभी को शाखाओं में साथ आना चाहिए, राष्ट्रध्वज यानी भगवा ध्वज को प्रणाम करना चाहिए। इस समय वहाँ एकत्र लोगों को स्वतंत्रता का अर्थ और उसकी दिशा में किए जा रहे प्रयास का अर्थ बताया जाना चाहिए। *और कांग्रेस ने इस लक्ष्य को तय किया है। इस कारण हमें कांग्रेस का साथ देना चाहिए।* इन कार्यक्रमों की सूचना हमें भेजी जानी चाहिए।"[17] (इंडिया पॉलिसी फाउंडेशन के एक दस्तावेज तथा ध्वजों में विशिष्टता रखनेवाली एक वेबसाइट, crwflags.com के अनुसार उस समय तक कांग्रेस की ध्वज समिति की सिफारिश भगवा ध्वज की थी, जिसके बाएँ कोने में एक चरखा था।[18])

कांग्रेस के छत्र तले एक नागरिक के रूप में स्वतंत्रता के लिए संघर्ष

सन् 1930 में एक नया आंदोलन, *सविनय अवज्ञा आंदोलन* महात्मा गांधी के नेतृत्व में 'दांडी मार्च' या नमक सत्याग्रह के रूप में शुरू किया गया। इस आंदोलन की शुरुआत अकोला में 2 अप्रैल, 1930 में हुई। मध्य प्रांत में कांग्रेस ने इस नमक सत्याग्रह में जंगल सत्याग्रह को जोड़ने का निर्णय लिया, क्योंकि वहाँ नमक की क्यारियाँ नहीं थीं और अंग्रेजों ने जंगलों पर लोगों के अधिकारों की कटौती करने के उद्देश्य से एक कानून बनाया था।[19]

इन आंदोलनों में आरंभ से ही अनेक स्वयंसेवकों ने हिस्सा लेना शुरू कर दिया था। नवंबर 1929 में वरिष्ठ संघ कार्यकर्ताओं ने 3 दिवसीय बैठक का आयोजन यह तय करने के लिए किया कि इस आंदोलन में संघ की भूमिका क्या होगी। फैसला यह हुआ कि संघ इसका बिना शर्त समर्थन करेगा। 1929 आते-आते विदर्भ के 37 गाँवों में संघ की शाखाएँ स्थापित हो चुकी थीं। वर्धा में 12 शाखाएँ थीं। सन् 1930 तक यह संख्या बढ़कर 30 हो गई। जैसे ही डॉ. हेडगेवार ने इसमें हिस्सा लेने का फैसला किया, सत्याग्रह को चारों ओर से जबरदस्त समर्थन मिला।[20]

12 जुलाई को गुरु पूर्णिमा उत्सव के दिन संघ शाखा में डॉ. हेडगेवार ने सत्याग्रह में शामिल होने का फैसला किया और सरसंघचालक या संघ के प्रमुख के पद को छोड़ने का अपना निर्णय सभी को बताया, क्योंकि उनका विचार था कि स्वतंत्रता-संग्राम एक ही संगठन के नेतृत्व में लड़ा जाना चाहिए और उस समय कांग्रेस इसकी अगुवाई कर रही थी। उन्होंने संघ की बागडोर डॉ. एल.वी. परांजपे के हाथों में सौंप दी। अपने भाषण में डॉ. परांजपे ने कहा, "इस आंदोलन में जो हिस्सा लेना चाहें, वे जरूर शामिल हों। दूसरे लोग इस युवा संगठन के लिए काम करें। यह वर्तमान आंदोलन हमारे देश को आगे ले जाएगा, इसमें कोई शक नहीं।

लेकिन, यह स्वतंत्रता की ओर बस एक ही कदम है। सच्चा कार्य ऐसे लोगों को संगठित करना है, जो इस देश की स्वतंत्रता के लिए अपना जीवन दे सकते हैं।"[21] *कोई भी देख सकता है कि संघ नेताओं को कहीं यह भ्रम नहीं था कि यह आंदोलन आखिरी आंदोलन होगा।* उनका लक्ष्य समर्पित स्वयंसेवकों का निर्माण करना था, जो लंबे समय तक राष्ट्र की सेवा कर सकें। युवा सदस्यों के लिए एक विकल्प यह भी था कि वे सत्याग्रह को चुनें या इस संगठन को सुदृढ करने के लिए कार्य करते रहें, जिसके पास स्वतंत्रता और हिंदू समाज में सुधार के दूरगामी लक्ष्य थे।

डॉ. हेडगेवार नागपुर से पुसद के लिए 14 जुलाई को निकले, और उन्हें विदा करने आए सैकड़ों लोगों को संबोधित करते हुए उन्होंने कहा, *"कृपया यह सोचने की भूल मत करना कि वर्तमान आंदोलन स्वतंत्रता के लिए आखिरी लड़ाई होगी। वास्तविक लड़ाई इसके बाद शुरू होगी। और इस आनेवाली लड़ाई में शामिल होने और उसके लिए अपना सब कुछ त्याग देने के लिए पूरी तरह तैयार रहिए। हम इस सत्याग्रह में हिस्सा ले रहे हैं,* क्योंकि हम यह मानते हैं कि यह हमें स्वतंत्रता की दिशा में एक और कदम आगे ले जाएगा।" प्रत्येक शहर में सैकड़ों लोग उनका स्वागत कर रहे थे। प्रमुख नेताओं में, विदर्भ के संघचालक और कांग्रेस नेता अप्पाजी जोशी, महाराष्ट्र के सांध्य दैनिक के संपादक बालासाहेब धवे, दादाराव परमार्थ, विट्ठलराव देव, वानखेड़े, घरोटे, भैयाजी कुंबलेश्वर, आंबड़े, नारायणराव देशपांडे, त्र्यंबकेश्वर देशपांडे, पालेश्वर आदि भी उनके साथ जेल गए।[22] डॉ. हेडगेवार ने यवतमाल में 21 जुलाई को सत्याग्रह किया। उन्हें नौ महीने के सश्रम कारावास की सजा मिली। उस समूह में शामिल अन्य 11 लोगों को 4 महीने की कैद मिली।[23] डॉ. हेडगेवार के साथ अकोला जेल में 100 स्वयंसेवक थे। हजारों अन्य स्वयंसेवकों ने दूसरी जगहों पर सत्याग्रह किया। संघ के अन्य प्रमुख नेता भी सत्याग्रह में शामिल

हुए। उनमें से कई के नामों की चर्चा डॉ. हेडगेवार की जीवनी में है, जिसे एन.एच. पालकर ने लिखा है और उद्धृत किया जा सकता है, लेकिन पुस्तक की सीमा मुझे उन सभी नामों को यहाँ बताने और अधिक जानकारी देने की अनुमति नहीं दे रही है।

संघ स्वयंसेवकों के इन सत्याग्रहों की खबर 20, 22 जुलाई, 1930 तथा 2 अगस्त, 1930 के 'केसरी' समाचार-पत्र के अंक में भी छपी थी।[24] डॉ. हेडगेवार को कैद किए जाने के बाद सत्याग्रहियों की संख्या और बढ़ गई।[25] यह संभव हो सका, क्योंकि डॉ. हेडगेवार अद्वितीय संगठनकर्ता और प्रेरक व्यक्ति थे। उन्होंने जिस संगठन का निर्माण किया, वह किसी नेता के प्रदर्शन पर निर्भर नहीं था। उन्होंने सच्चे अर्थों में कार्यकर्ता आधारित आत्मप्रेरित संगठन के निर्माण की प्रक्रिया शुरू कर दी थी। हम यह भी देखते हैं कि सन् 1920 में असहयोग आंदोलन की विफलता के अनुभवों के बाद वे स्वयंसेवकों को झूठा दिलासा नहीं देना चाहते थे।

उस समय डॉ. हेडगेवार की ओर से लिये गए निर्णय से ऐसी परंपरा शुरू हुई, जिसका पालन आज भी संघ करता है। उन्होंने समाज के एक संगठन के रूप में न कि समाज के भीतर एक संगठन के रूप में कार्य करने का निर्देश दिया। और बताया कि संघ के सदस्यों को सार्वजनिक कार्यक्रमों में संघ सदस्यों के रूप में नहीं, बल्कि नागरिकों के रूप में शामिल होना चाहिए। सभी शाखाओं को एक सर्कुलर भेजा गया कि 'सामान्य स्वयंसेवक स्थानीय संघचालक से अनुमति लेकर सत्याग्रह में निजी तौर पर हिस्सा ले सकते हैं।'

संघ और हिंदू महासभा के बीच शुरुआती दिनों से ही मतभेद थे। डॉ. बी.एस. मुंजे चाहते थे कि संघ असहयोग आंदोलन से दूर रहे। डॉ. हेडगेवार के बचपन से ही वे उनके मार्गदर्शक और पालक रहे थे। उन्होंने उनकी शिक्षा में भी काफी सहायता की थी। लेकिन

डॉ. हेडगेवार ने विनम्रता के साथ 'हिंदू महासभा' की दिशा में चलने से इनकार कर दिया और इस संग्राम में अपना ही रास्ता चुना। इन मतभेदों के बावजूद डॉ. हेडगेवार ने आखिर तक डॉ. मुंजे के साथ बेहतरीन संबंध बनाए रखा।

सन् 1931 में असहयोग आंदोलन के सरगर्म माहौल में, डॉ. मुंजे ने गोलमेज सम्मेलन के न्योते को स्वीकार किया और इंग्लैंड की यात्रा करने के लिए तैयार हो गए। असहयोग आंदोलन के समर्थकों ने इस पर कठोर और कटु प्रतिक्रिया दी। उस समय डॉ. हेडगेवार ने, जो जेल में थे, कहा था, "राजनैतिक मतभेद हो सकते हैं। लेकिन उनका प्रदर्शन कड़वाहट या ओछेपन के साथ नहीं किया जाना चाहिए। मतभेदों के बावजूद, सही तरीका यह है कि प्रत्येक पक्ष को इस उद्देश्य के लिए उनकी देशभक्ति और संकल्प का सम्मान करना चाहिए और अपने-अपने तरीके से काम करते रहना चाहिए।"[26]

एक बैठक में इस बात पर गरमागरम बहस हो रही थी, बेहतर कौन है—गांधी या सावरकर? जब डॉ. हेडगेवार से उनकी राय पूछी गई तो उनका कहना था, "यह बहस उसी प्रकार की है, जैसे यह पूछा जाए कि गुलाब बेहतर है या मोगरा। यह आपके झुकाव और चुनाव का विषय है। ऐसे समय में आपको किसी एक या दूसरे फूल को कुचलना नहीं चाहिए, बल्कि आप जिसे भी पसंद करते हैं, उस फूल की सुंदरता का आनंद लेना चाहिए।"[27] इस प्रकार का स्वभाव था उनका, जो विभिन्न दृष्टिकोणों के बीच सौहार्द पैदा करता था।

हिंदू महासभा से मतभेद के बावजूद डॉ. हेडगेवार ने 30 दिसंबर, 1935 को 500 गणवेशधारी संघ स्वयंसेवकों की परेड का आयोजन किया, यह पुणे में हिंदू महासभा का पहला अधिवेशन था। चूँकि डॉ. हेडगेवार का स्वास्थ्य ठीक नहीं था और अपने डॉक्टरों की 'पूर्ण आराम' की कड़ी सलाह के बावजूद वे पुणे तक यात्रा कर आए थे, इसलिए स्वयं

डॉ. मुंजे ने प्रतिनिधियों को संघ के कार्यों के बारे में बताया।[28] आज की क्लेशदायी राजनीति में मतभेद रखने वाले संगठनों के बीच इस प्रकार के स्नेह की बात सोची भी नहीं जा सकती है।

संघ पर अंग्रेजों की कड़ी नजर

सन् 1930 के दशक तक अंग्रेजी सरकार संघ की बढ़ती क्षमता और विस्तार से चिंतित हो गई थी। जुलाई 1932 में अंग्रेजी सरकार की फाइलों में यह टिप्पणी की गई थी, "नागपुर में संघ के कार्य चिंताजनक हैं। इसके अनेक नेता सरकार विरोधी आंदोलनों में शामिल हैं। हमें इस संगठन पर कड़ी नजर रखने की जरूरत है।"[29] दिसंबर 1932 में मध्य प्रांत में एक अधिसूचना भेजी गई, जिसके अनुसार सरकारी अधिकारियों को संघ से किसी भी प्रत्यक्ष या अप्रत्यक्ष संबंध रखने से रोक दिया गया। "सरकारी सेवकों के लिए सरकारी नियमों की धारा 23 के अनुसार उन्हें ऐसे किसी भी आंदोलन से दूर रहना चाहिए।" इसने स्पष्ट रूप से कहा कि *किसी भी सरकारी सेवक को राष्ट्रीय स्वयंसेवक संघ का सदस्य बनने या उसकी गतिविधियों में शामिल होने की अनुमति नहीं दी जानी चाहिए।*[30]

सरकार के सचिव एम.जी. हैनलेट ने 27 जनवरी, 1933 को एक आदेश जारी कर सरकार से संघ के कार्यों की जानकारी इकट्ठा करने को कहा।[31] यह देखकर कि संघ ने पाबंदी के बाद भी घुटने नहीं टेके और उसका विस्तार भी निडरता से हो रहा था, मध्य प्रांत में एक और अधिसूचना 20 दिसंबर, 1933 को जारी की गई। *आदेश में यह लिखा था कि संघ एक सांप्रदायिक संगठन है।* यहाँ तक कि शिक्षकों पर भी संघ के कार्यक्रमों में शामिल होने पर पाबंदी लगा दी गई।[32] हम देखते हैं कि उपनिवेशवादियों ने संघ पर 'सांप्रदायिक' होने का जो ठप्पा लगाया, उसका लाभ उठाया गया और आज तक कांग्रेस और उसके मित्र उसी औपनिवेशिक मानसिकता का प्रदर्शन कर रहे हैं।

अंग्रेजी सरकार के दबाव में नासिक और वर्धा जिले की परिषदों ने भी अपने कर्मचारियों और शिक्षकों को संघ की गतिविधियों में शामिल होने से रोकनेवाली अधिसूचनाएँ जारी कीं। इन सबके बावजूद डॉ. हेडगेवार के जबरदस्त सार्वजनिक संपर्क कार्यक्रमों के कारण अनेक परिषदों ने इस प्रकार की पाबंदी के विरोध में प्रस्ताव पारित किए और संघ के कार्यों का स्वागत किया।[33]

मध्य प्रांत विधानसभा के मार्च 1934 का सत्र एक उल्लेखनीय सत्र रहा। डॉ. हेडगेवार ने एक व्यापक व्यक्तिगत संपर्क कार्यक्रम की शुरुआत की थी, जिसमें वे विभिन्न कांग्रेस नेताओं और समाचार-पत्रों के संपादकों से मिल रहे थे। समाचार-पत्रों ने संघ को सांप्रदायिक बताने और उसकी गतिविधियों का दमन किए जाने का कड़ा विरोध किया। इन आदेशों के खिलाफ जनमत भी तैयार होने लगा। इस माहौल में बाबासाहेब कोल्टे ने विधानसभा में एक कटौती प्रस्ताव (Cut-Motion) पेश किया। विभिन्न वक्ताओं ने सरकार पर प्रश्न उठाए और उसकी खिल्ली उड़ाई। *भले ही कांग्रेस में कई धड़े थे, लेकिन इस विषय पर कांग्रेस के लगभग सभी प्रतिनिधियों ने संघ के पक्ष में कड़ा रुख अपनाया।* उन्होंने प्रश्न उठाए कि जब अन्य समुदायों के लिए कार्य करनेवाले संगठनों को सांप्रदायिक नहीं कहा जाता, तो हिंदुओं के लिए बने संगठन को सांप्रदायिक क्यों कहा गया? श्री रहमान ने भी सांप्रदायिकता की परिभाषा पर प्रश्न खड़ा करते हुए इस कटौती प्रस्ताव को अपना समर्थन दिया। इन सबके दौरान डॉ. हेडगेवार दर्शक दीर्घा में बैठकर इस जोशीले बहस का आनंद ले रहे थे। आखिरकार, कटौती प्रस्ताव पर सरकार की हार हुई और इस कारण उसकी काफी बदनामी हुई। सरकार ने अधिसूचना को तो वापस नहीं लिया, लेकिन उसका प्रभाव समाप्त हो गया।[34] लेकिन यह घटना दिखाती है कि किस हद

तक ब्रिटिश सरकार ने कदम उठाए और किस प्रकार भारतीयों के स्व-शासन के लिए चुने गए निकायों ने संघ के लिए मुश्किलें खड़ी कीं। यह दुखद है कि हिंदू सांप्रदायिकता के जिन तर्कों को अंग्रेजों ने संघ के विरुद्ध हवा दी, उन्हीं दलीलों को आज हमारे राजनैतिक दल पेश करते हैं, जबकि उस समय उनके ही नेताओं ने उन्हें खारिज कर दिया था।

लोग संघ पर तिरंगे का अपमान करने का आरोप लगाते रहते हैं। तिरंगे के प्रति स्वयंसेवकों की निष्ठा का एक और उदाहरण देखिए। 1937 में फिरोजपुर अधिवेशन के ध्वजारोहण समारोह के दौरान जब नेहरूजी 80 फीट ऊँचे खंभे पर लगे झंडे को फहरा रहे थे, तब कांग्रेस का तिरंगा बीच में ही अटक गया। कई लोगों ने उस झंडे को सुलझाने की कोशिश की, लेकिन जब यह नहीं हो सका, तब किशन सिंह परदेसी नाम के साहसी प्रतिनिधि खंभे पर चढ़े और झंडे को खोल दिया। लोगों ने उन्हें कंधे पर उठा लिया और कई लोगों ने सच में उन पर नोटों की बारिश कर दी। कांग्रेस के उस अधिवेशन में परदेसी को पुरस्कृत करने का एक प्रस्ताव स्वीकार कर लिया गया। लेकिन जैसे ही उन्होंने यह बताया कि वे शिरपुर से संघ के एक स्वयंसेवक हैं, कांग्रेसियों ने मुँह मोड़ लिया। डॉ. हेडगेवार ने जब एक स्वयंसेवक के योगदान के विषय में सुना तो वे काफी खुश हुए। नासिक के अपने दौरे से लौटते समय उन्होंने परदेसी को धुले बुलाया और सार्वजनिक रूप से उनका सम्मान किया, जिसमें उनके उत्साहवर्धन के प्रतीक के रूप में उन्हें चाँदी का एक कटोरा दिया और उनकी पीठ थपथपाई। डॉ. हेडगेवार ने कहा, *"इस देश के किसी भी कार्य में जब बाधा पड़ जाती है और हमारे भीतर उसे आगे बढ़ाने की क्षमता है, तो हमें पार्टी आदि के विषय में सोचे बिना ही मदद के लिए दौड़ पड़ना चाहिए।"*[35]

स्वराज-पूर्ण स्वतंत्रता—संघ का सर्वोच्च लक्ष्य

राष्ट्र के प्रति डॉ. हेडगेवार पूर्ण रूप से समर्पित थे, चाहे वे क्रांतिकारी गतिविधियाँ हों या गांधीवादी अहिंसक आंदोलन, उन्होंने प्रत्येक देशभक्त का समर्थन किया। यह कम ही लोग जानते हैं कि सांडर्स की हत्या के बाद राजगुरु भूमिगत हो गए थे और डॉ. हेडगेवार ने उनके छिपने का पूरा बंदोबस्त किया था। एफ.एम. घोडके इस बात की पुष्टि करते हैं, "संघ पर क्रांतिकारियों के प्रभाव का सबसे अच्छा उदाहरण राजगुरु हैं। यह स्वाभाविक ही था कि डॉक्टर (हेडगेवार) ने राजगुरु की सहायता हर संभव तरीके से की।"[36]

उन दिनों संघ का सक्रिय सदस्य बनने के लिए संघ के स्वयंसेवक, जो शपथ लिया करते थे, उसमें स्पष्ट रूप से यह कहा जाता था, *"मैं इस हिंदू राष्ट्र, यानी भारत की स्वतंत्रता के लिए संघर्ष करूँगा।"* रज्जू भैया के नाम से लोकप्रिय, संघ के चौथे सरसंघचालक प्रोफेसर राजेंद्र सिंह ने अपने ऑडियो संस्मरण में बताया है कि उस शपथ में एक पंक्ति थी, "मैं हिंदू राष्ट्र को स्वतंत्र कराने के लिए संघ का एक अंग बना हूँ। स्वतंत्रता के बाद इसे बदलकर हिंदू राष्ट्र के 'सर्वांगीण विकास के लिए' कर दिया गया है। उद्देश्य स्पष्ट था—*स्वतंत्रता की प्राप्ति। और स्वतंत्रता प्राप्त करने के बाद भारत की अपनी प्रकृति और बुद्धि के अनुसार कार्य करना, नए तरीके ढूँढ़ना और आँख मूँदकर पश्चिम की नकल न करना।"* रज्जू भैया ने स्पष्ट रूप से बताया।[37]

इस प्रकार, हम देखते हैं कि जब संघ अपने ही अनोखे तरीके से अपने पैरों पर खड़ा होने के लिए संघर्ष कर रहा था, तब डॉ. हेडगेवार हर संभव तरीके से भारत की स्वतंत्रता के लिए कार्य करते रहे। चूँकि यही उनका सर्वोच्च लक्ष्य था, जिसके लिए उन्होंने अपने जीवन का बलिदान दिया और संघ का गठन किया।

❑

2

श्रीगुरुजी : मौन तपस्वी नेतृत्व

डॉ. केशव बलिराम हेडगेवार दुनिया को सिर्फ 50 वर्ष की कम आयु में ही छोड़ गए। एक समय था, जब वे लंबी-चौड़ी कद-काठी वाले तंदुरुस्त व्यक्ति थे, लेकिन भागदौड़ के कारण शारीरिक क्षमता पर पड़े भारी दबाव और उपयुक्त संसाधनों के बिना दिन-रात यात्रा करने तथा सही खान-पान न हो पाने का उनके स्वास्थ्य पर घातक प्रभाव पड़ा। वे बीमार पड़ गए और 21 जून, 1940 को इस दुनिया को छोड़कर चले गए। जब डॉ. हेडगेवार संघ को 34 वर्षीय माधव सदाशिव गोलवलकर, जिन्हें प्यार से गुरुजी कहा जाता था, के युवा हाथों में छोड़कर गए, तब संघ का विस्तार केवल मध्य भारत (मध्य प्रांत) और महाराष्ट्र के सीमावर्ती जिलों में ही हुआ था। भारत के अन्य भागों में छोटे-छोटे इलाकों में ही इसकी उपस्थिति दर्ज हुई थी। वैसे भी यह अभी छोटा सा पौधा ही था।

कोमल पौधे की देखभाल

संघ के संस्थापक के निर्देशों पर गुरुजी ने संघ के विकास और विस्तार में अपनी पूरी शक्ति झोंक दी। उन्होंने निरंतर भारत के विभिन्न हिस्सों की यात्रा शुरू कर दी। उन्होंने जिस समय संघ का महत्त्वाकांक्षी

विस्तार आरंभ किया, उस समय सैकड़ों प्रचारक निकल पड़े और जत्थे बनाकर देश भर में शाखाओं के विकास के काम में जुट गए। उसी समय 1942 के भारत छोड़ो आंदोलन की घोषणा हुई।

स्वतंत्रता-संग्राम के इतिहास का यह एक विशेष और आशा के अनुरूप ही महत्त्वपूर्ण पल था। देशभक्ति के जोश से भरे इस युवा संगठन के युवा सदस्यों ने इस आंदोलन में हिस्सा लेने की इच्छा जताई। लेकिन ऐसा करने से पहले गुरुजी चाहते थे कि इसके लिए सही योजना बनाई जाए। उस पर सही ढंग से कार्य हो और इस व्यापक आंदोलन के समर्थन की योजना भी बने। किसी वैकल्पिक योजना के बिना विफलता का अर्थ इस युवा संगठन पर भयंकर संकट भी हो सकता था, जिसके पास सिर्फ दो क्षेत्रों में सीमित भौगोलिक उपस्थिति के सिवाय कुछ नहीं था। डॉक्टरजी ने भी 1930 में जब जंगल सत्याग्रह में हिस्सा लिया था, तब उन्होंने भी इसी प्रकार का सोच-विचार किया था। विशेष रूप से इसलिए भी, क्योंकि वे 1921 में असहयोग आंदोलन को अचानक समाप्त करने के परिणाम देख चुके थे।

डॉ. हेडगेवार की ओर से निर्धारित सिद्धांतों पर भारत छोड़ो आंदोलन का समर्थन

अपने युवा सहयोगियों से विधिवत् चर्चा के बाद गुरुजी ने तय किया कि *"यह आंदोलन देश की स्वतंत्रता के लिए चलाया जा रहा है। इस कारण नागरिकों के रूप में स्वयंसेवक इस आंदोलन में हिस्सा ले सकते हैं, चाहे वे देश के किसी भी हिस्से में रह रहे हों। लेकिन एक संगठन के रूप में संघ देश के हित के लिए कार्य करता रहेगा,* यानी आंदोलन में प्रत्यक्ष रूप में शामिल हुए बिना समाज को संगठित करता रहेगा।"[1] यह डॉ. हेडगेवार के 1930 के सत्याग्रह के दौरान अपनाई गई सोच के अनुसार था कि संघ को अलग संगठन के रूप में प्रस्तुत करने

की बजाय आम नागरिक के रूप में कार्य किया जाए।

इस प्रकार संघ ने स्वयंसेवकों से कहा कि वे इस स्वतंत्रता-संग्राम में शामिल हों और देशभक्त नागरिकों के रूप में इसमें पूरे मन से सहयोग करें। इसका परिणाम यह हुआ कि कई स्वयंसेवक इस संग्राम में कूद पड़े और आम नागरिकों के रूप में अपनी पूरी क्षमता के साथ हिस्सा लिया।

सन् 1942 के आंदोलन को संघ के समर्थन और इसमें स्वयंसेवकों की भागीदारी की पुष्टि रज्जू भैया इस प्रकार करते हैं, "संघ ने कहा कि जो कोई भी इस आंदोलन में हिस्सा लेना चाहता है, वह व्यक्तिगत रूप से ऐसा कर सकता है। कांग्रेस का सहयोग हर संभव तरीके से किया जाना चाहिए, क्योंकि वह हिंदू समाज के हितों के लिए काम कर रही है और संघ के कार्य का विस्तार भी पूरे जोर-शोर से करना चाहिए।"[2]

विदर्भ क्षेत्र में संघ का संगठन मजबूत था। स्वाभाविक रूप से कुछ सबसे प्रचंड आंदोलन बाली (अमरावती), अष्टी (वर्धा) और चिमूर (चंद्रपुर) में हुए। चिमूर आंदोलन की खबर बर्लिन रेडियो से प्रसारित हुई थी। इस आंदोलन का नेतृत्व कांग्रेस के उद्धवराव कोरेकर और संघ के नेता दादा नाइक, बाबूराव बेगड़े तथा अन्नाजी ने किया था। एक युवा स्वयंसेवक, बालाजी रायपुरकर की उस समय पुलिस फायरिंग में निर्ममता से हत्या कर दी गई, जब वे झंडे को फहराने का प्रयास कर रहे थे। संघ के स्वयंसेवकों ने 1943 में कांग्रेस तथा तुकडोजी महाराज के नेतृत्व वाले श्रीगुरुदेव सेवा मंडल के साथ चिमूर आंदोलन में हिस्सा लिया था।

यह मुठभेड़ इस आंदोलन के इतिहास में *'चिमूर अष्टी कांड' के रूप में मशहूर हुई। चिमूर में संघ के स्वयंसेवक समानांतर सरकार चला रहे थे।* 125 सत्याग्रहियों के खिलाफ मुकदमा चलाया गया और उन्हें कैद की सजा सुनाई गई तथा हजारों स्वयंसेवकों को जेल में डाल दिया

गया।[3] दादा नाईक संघ चिमूर शाखा के प्रमुख थे। उन्हें मृत्युदंड की सजा सुनाई गई। हिंदू महासभा के नेता डॉ. एन.बी. खरे ने, जो ब्रिटिश वायसराय परिषद् के सदस्य थे, अधिकारियों से उनके केस पर बात की और सजा को कम करवाकर उम्रकैद में बदलवाया। बाद में संत तुकडोजी महाराज विश्व हिंदू परिषद् के एक सह संस्थापक बने।

सिंध के सक्खर शहर के हेमू कलानी की भी एक साहसपूर्ण कहानी है। वे अपने साथियों के साथ मिलकर फिशप्लेट हटाने में व्यस्त थे। उनका उद्देश्य था कि विभिन्न क्षेत्रों में जारी संघर्ष को दबाने के लिए बढ़ रही फौज को रोका जाए। दुर्भाग्य से, हेमू को गिरफ्तार कर लिया गया, जबकि उनके अन्य साथी पुलिस के चंगुल से भाग निकलने में सफल रहे। 1943 में सेना की अदालत ने हेमू को मृत्युदंड की सजा सुनाई।[4] आज भी मुंबई के सिंधी बंधु शहीद हेमू कलानी का स्मृति समारोह आयोजन करते हैं। उनके नाम पर स्थानीय सिंधी स्वयंसेवकों ने एक स्मारक का निर्माण किया, जिसका रखरखाव 'हेमू कलानी यादगार मंडल' द्वारा किया जाता है। इस कहानी की चर्चा स्वर्गीय गोबिंद मोटवानी ने अपनी पुस्तक 'सिंध में संघ के 9 वर्ष 1939-1947' में किया है।[5] हेमू कलानी स्वतंत्रता-संग्राम के गुमनाम नायक हैं, क्योंकि पाकिस्तानी उन्हें हिंदू होने के कारण नहीं मानते, जबकि भारतीय इतिहासकार उनके योगदान को शायद इस कारण नहीं मानते, क्योंकि वे एक स्वयंसेवक थे। इस पुस्तक के लेखक को उनके स्मारक पर जाने का और मुंबई में ऐसे अनेक सिंधी सेनानियों से मिलने का अवसर मिला, जो सिंध में उन दिनों की घटनाओं के गवाह हैं और अब तक संघ कार्य में सक्रिय हैं।

स्वयंसेवक भारत में जहाँ कहीं भी थे, वहाँ भारत छोड़ो आंदोलन में कूद पड़े और कई जगहों पर उन्हें जेल जाना पड़ा। कुछ जाने-माने वरिष्ठ स्वयंसेवकों में जशपुर (छत्तीसगढ़) के डॉ. अन्ना साहेब देशपांडे (आरवी, विदर्भ), रमाकांत केशव (बाबासाहेब) देशपांडे थे, जिन्होंने

बाद में वनवासी कल्याण आश्रम की स्थापना की, बिहार में बबुआजी के नाम से मशहूर नारायण सिंह, जो आगे चलकर बिहार संघचालक बने, और श्री चंद्रकांत भारद्वाज (जिन्हें पैर में गोली लगी, परंतु निकाली नहीं जा सकी) आदि शामिल थे। आगे भारद्वाज एक लोकप्रिय कवि बने और संघ में गाए जानेवाले कई गीत उन्होंने लिखे। पूर्वी उत्तर प्रदेश में माधवराव थे, जो बाद में प्रांत प्रचारक बने और दत्तात्रेय गंगाधर (उपाख्य भैयाजी) कस्तूरे थे। वे भी आगे चलकर प्रचारक बने।[6]

11 अगस्त, 1942 को पटना में आंदोलनकारियों ने सचिवालय पर सफलतापूर्वक तिरंगा फहराया। पुलिस की गोलीबारी में छह आंदोलनकारी धराशायी हुए। इन छह लोगों में दो—देवीपद चौधरी और जगपति कुमार, स्वयंसेवक थे। बिहार के पहले संघचालक बबुआजी और वरिष्ठ पत्रकार कृष्णकांत ओझा ने उनके संघ-संबंध की पुष्टि की। उन्हें श्रद्धांजलि देने के लिए एक श्रद्धांजलिसभा का आयोजन स्वतंत्रता की 50वीं वर्षगाँठ पर 1997 में विख्यात साहित्यकार और क्रांतिकारी श्री वचनेश त्रिपाठी की अध्यक्षता में तत्कालीन क्षेत्रीय प्रचारक और अभी के सरसंघचालक डॉ. मोहन भागवत की उपस्थिति में किया गया था। उनके सगे-संबंधियों को भी उस कार्यक्रम में बुलाया गया था।[6ए] बिहार में ऐसे कई स्वयंसेवक हैं, जिन्हें 1942 के स्वतंत्रता संग्राम में योगदान के लिए 'ताम्रपत्रों' से सम्मानित किया गया है।

भूमिगत नेताओं के लिए सुरक्षित ठिकाने

1942 के दौरान अंग्रेजों का दमनचक्र पूरी ताकत से चल रहा था। इस कारण लोग वरिष्ठ कांग्रेसी नेताओं को आश्रय देने से घबराते थे। उस समय वरिष्ठ और प्रमुख संघ नेताओं ने इस आंदोलन के भूमिगत नेताओं के लिए सुरक्षित ठिकाने उपलब्ध कराकर उनकी सहायता की।

उत्तर-पश्चिम के संघचालक लाला हंसराज का घर अरुणा आसफ

अली के रहने के लिए गुप्त स्थान बना। उन्होंने इस बारे में अगस्त 1967 में हिंदी दैनिक 'हिंदुस्तान' में प्रकाशित एक इंटरव्यू में बताया, "1942 के आंदोलन के दौरान मैं भूमिगत थी। दिल्ली संघचालक लाला हंसराज ने मुझे 10 से 15 दिनों के लिए अपने घर में आश्रय दिया और मेरी पूरी सुरक्षा का बंदोबस्त किया। उन्होंने इस बात का खयाल रखा कि किसी को भी इस बात की जानकारी न मिले कि मैं उनके घर में रह रही हूँ। चूँकि भूमिगत कार्यकर्ताओं को एक ही ठिकाने पर अधिक समय तक नहीं रहना चाहिए, इसलिए मैं उनके घर से कढ़ाई किया हुआ घाघरा और चुनरी पहनकर एक बारात में भाँगड़ा करती हुई निकल गई। मुझे यह ड्रेस लालाजी की पत्नी ने दी थी। कुछ समय बाद जब मैं उन्हें उसे वापस करने पहुँची, तो उन्होंने यह कहते हुए उसे लेने से मना कर दिया कि उसे उनकी शुभकामनाओं के साथ उपहार के रूप में रख लूँ।"[7]

प्रसिद्ध वैदिक विद्वान् पंडित श्रीपद दामोदर सतावलेकर औंध के संघचालक थे। उन्होंने कई दिनों तक क्रांतिकारी भूमिगत नेता नाना पाटिल को शरण दी थी, जिन्होंने *'पत्री सरकार'* का अनोखा प्रयोग किया था। नाना पाटिल के सहयोगी किसानवीर वई में भूमिगत रहकर काम करते हुए सतारा संघचालक के घर पर ठहरे थे। लोकप्रिय समाजवादी नेता अच्युतराव पटवर्धन जब भूमिगत रहकर काम कर रहे थे और परिस्थितियों के अनुसार ठिकाने बदल रहे थे, तब कई स्वयंसेवकों के घर पर ठहरे थे। केवल यही लोग नहीं, बल्कि लंबे समय तक संघ के कटु आलोचक और गांधीजी के अनुयायी साने गुरुजी पुणे संघचालक भाऊसाहब देशमुख के घर पर गुप्त रूप से रहते थे।[8]

संघ के एक वरिष्ठ नेता ने स्वयंसेवक श्री पडसलगीकर की साहसपूर्ण, निस्स्वार्थ सेवा का उत्तम उदाहरण सुनाया। संघचालक काशीनाथ पंत लिमये ने पडसलगीकर को वसंतदादा पाटिल की मदद करने के लिए भेजा, जो साँगली के जेल से निकलना चाहते थे। वसंतदादा जेल तोड़कर जिस स्थान पर पहुँचे, वहीं पडसलगीकर उनकी

प्रतीक्षा कर रहे थे। उसी समय उन्होंने वसंतदादा को अपने कंधे पर उठाया और खेतों-नालों, जंगलों को पार करते हुए, पुलिस की नजरों से बचाते हुए रात 2 बजे विश्राम बाग रेलवे स्टेशन पर पहुँचा दिया, ताकि वे इस इलाके से भागने के लिए ट्रेन पकड़ सकें। पडसलगीकर, जो एक पहलवान थे, आगे चलकर राज्य कुश्तीगीर परिषद् के उपाध्यक्ष बने। उन्होंने अपनी कहानी डॉ. मोहन भागवत के पिता को उनके घर पर सुनाई थी, जब मोहनजी छोटे थे। बाद में तत्कालीन सरकार्यवाह डॉ. मोहन भागवत साँगली में उनसे दो बार मिले और इस घटना की दोबारा पुष्टि की।[४२] इस प्रकार की सैकड़ों घटनाएँ हो सकती हैं, जिन्हें न तो कभी दर्ज किया गया, न ही उनके दस्तवाजे रखे गए। चूँकि संघ ने एक नीति के तौर पर अपने कार्यों के दस्तावेज रखने या प्रचार करने में रुचि नहीं ली, इसलिए इस प्रकार की प्रेरक कहानियाँ स्थानीय स्तर के अलावा किसी अन्य को ज्ञात नहीं हैं।

यहाँ एक घटना का उल्लेख करना अच्छा रहेगा, जो इस आंदोलन के छह साल बाद 1948 में घटी। सोलापुर के कांग्रेस समिति के सदस्य गणेश बापूजी शिणकर ने संघ पर लगी पाबंदी को हटाने के लिए सत्याग्रह में हिस्सा लिया। उन्होंने लोकतांत्रिक मूल्यों के आधार पर कांग्रेस से त्याग-पत्र दे दिया था और सत्याग्रह में शामिल हो गए थे। उन्होंने एक बयान जारी कर अपना रुख स्पष्ट किया था और यह बयान 12 दिसंबर, 1948 में प्रकाशित हुआ था। उन्होंने कहा, "मैंने 1942 में भारत छोड़ो आंदोलन में हिस्सा लिया था। पूँजीवादी और किसान समुदाय उस समय सरकार से डरा हुआ था। इस कारण हमें उनके घरों में सुरक्षित ठिकाना नहीं मिल पाता था। हमें भूमिगत कार्यों के लिए संघ कार्यकर्ताओं के घर पर ठहरना पड़ता था। *संघ के लोग हमें भूमिगत कार्यों में खुशी-खुशी मदद किया करते थे। वे हमारी अन्य सभी आवश्यकताओं का भी खयाल रखते थे। इतना ही नहीं, यदि हमारे बीच*

कोई बीमार पड़ जाता, तो संघ स्वयंसेवक डॉक्टर हमारा इलाज किया करते थे। संघ के स्वयंसेवक, जो वकील थे, हमारे केस बिना किसी डर के लड़ा करते थे। उनकी देशभक्ति और मूल्य-आधारित जीवन-शैली पर प्रश्न खड़ा नहीं किया जा सकता था।"[9]

राष्ट्र-विरोधी कम्युनिस्ट जब पाँचवें स्तंभ के रूप में काम कर रहे थे और आंदोलनकारी देशभक्तों की गिरफ्तारियाँ करवा रहे थे, तब संघ इस आंदोलन में अपना योगदान कर रहा था। आखिरकार, अक्तूबर के अंत तक 75 दिनों बाद यह आंदोलन शांत पड़ गया। एक तरफ छिन्न-भिन्न और कमजोर नेतृत्व तो दूसरी तरफ पूरी तरह से मजबूत ब्रिटिश शासन ने अच्छी मंशा के साथ शुरू किए आंदोलन का गला उसके शैशव काल में ही घोंट दिया।[10]

आगे चलकर संघ के प्रमुख बनने वाले रज्जू भैया ने 1942 के विषय में बताया, "मैं संघ में बहुत देर से आया। इस कारण इस पर अधिक चर्चा नहीं होती थी कि संघ ने 1942 के आंदोलन में योगदान दिया या नहीं। लेकिन ऐसा लगता है कि संघ ने जो भी निर्णय लिये, वे सही थे। कांग्रेस नेताओं ने 'भारत छोड़ो' प्रस्ताव पास किया। सारे नेता पकड़ लिये गए और जेल में डाल दिए गए। एक भी ऐसा नेता जेल से बाहर नहीं बचा था, जो देश, समाज या लोगों को किसी प्रकार का निर्देश दे सके। सारे बड़े नेता, जैसे नेहरूजी, टंडनजी और कृपलानीजी कार्यकारी समिति के सदस्य थे। यह सोचना कि अंग्रेज कांग्रेस पर पाबंदी नहीं लगाएँगे या आंदोलन में शामिल लोगों को जेल नहीं भेजेंगे, महज अदूरदर्शी व्यक्ति ही सोच सकता था। जो लोग गिरफ्तार नहीं हुए और जेल से बाहर थे, उनके लिए कोई योजना नहीं थी। केवल राम मनोहर लोहियाजी और जयप्रकाशजी बाहर रहकर कुछ कर सके।"[11]

युवा छात्र के रूप में रज्जू भैया के उस समय के कुछ कांग्रेस नेताओं से अच्छे संबंध थे। युवक के रूप में वे नियमित रूप से

इलाहाबाद स्थित आनंद भवन जाया करते थे और मार्गदर्शन लेते थे। आनंद भवन नेहरू परिवार का आवास था और 1942 के भारत छोड़ो आंदोलन के दौरान प्रयाग में कांग्रेस की गतिविधियों का केंद्र था। दीर्घकालिक योजना और संगठन के अभाव में यह आंदोलन विफल हो गया था। सभी कांग्रेसी नेता हताश होकर घर पर बैठ गए। रज्जू भैया कई नेताओं से मिले और उनसे भविष्य की योजना के विषय में पूछा। लेकिन किसी को कुछ पता नहीं था। यह देखकर उन्हें बड़ी निराशा हुई कि कांग्रेस जैसे संगठन के पास कोई दिशा नहीं थी। वे एम.एस.सी. के अंतिम वर्ष की पढ़ाई कर रहे थे। इसी दौरान उनका परिचय संघ से हुआ। रज्जू भैया ने इस तथ्य की पुष्टि 1982 में उस समय श्रीधर दामले से की, जब वे अमेरिका गए थे और उनके साथ रहे थे। उनके दो साथी, शांताराम और श्यामनारायण श्रीवास्तव ने उस समय उनका परिचय संभाग प्रचारक बापूराव मोघे से करवाया था, जो उनसे बस 5 या 6 साल बड़े थे। यह परिचय मित्रता में बदला और रज्जू भैया भारद्वाज सायं शाखा के नियमित स्वयंसेवक बन गए।[12] इस प्रकार हम उस समय के युवाओं में 1942 की योजना और उसके संचालन को लेकर असंतोष की भावना को देखते हैं।

हम देखते हैं कि जहाँ कहीं भी संघ की पकड़ अच्छी थी, इसके स्वयंसेवकों ने पूरे जोश के साथ 1942 के आंदोलन में हिस्सा लिया। वे जहाँ कहीं भी मदद कर सकते थे, सत्याग्रहियों की सहायता की, जिससे उस आंदोलन को हर संभव तरीके से मजबूती मिले।

संघ और हिंदू महासभा के बीच संबंध

पाठकों को याद होगा कि डॉ. हेडगेवार और डॉ. मुंजे के बीच 1930 के दशक में असहयोग आंदोलन को लेकर मतभेद थे, और किस प्रकार उन्होंने इन मतभेदों के बावजूद हिंदू महासभा के साथ उसी प्रकार सौहार्दपूर्ण संबंधों को बनाए रखा, जिस प्रकार उन्होंने सभी देशभक्तों

और संगठनों से बना रखा था। हम इसी प्रकार के मतभेद 1942 में हिंदू महासभा और संघ के बीच देखते हैं। वैसे तो दोनों के विचार अनेक मुद्दों पर समान थे और वे एक-दूसरे का समर्थन करते थे, लेकिन बीच-बीच में कुछ मतभेद उभर आते थे।

वीर सावरकार से पहले के हिंदू महासभा के नेता यह आशा करते थे कि संघ 'पितृ संगठन' के 'युवा संगठन' के रूप में कार्य करेगा। लेकिन यह आशा फलीभूत नहीं हुई और सावरकर के नेतृत्व में हिंदू महासभा को उसके स्थान पर 'राम सेना' की स्थापना करनी पड़ी। हिंदू महासभा अनेक कारणों से 1942 के आंदोलन में हिस्सा लेने के पक्ष में नहीं थी, जिसका संबंध अंग्रेजों के खिलाफ अधिक उग्र रवैया अपनाने से था। वे द्वितीय विश्वयुद्ध का लाभ उठाते हुए हिंदू समाज को सैन्य प्रशिक्षण दिलाने और उनमें योद्धाओं की भावना पैदा करने के अधिक इच्छुक थे। उस समय सावरकर ने भारत भ्रमण करने और हिंदू युवाओं को सेना में भरती होने का आह्वान करना उचित समझा और *'हिंदुओं के सैन्यीकरण, राष्ट्र के हिंदूकरण'* का नारा दिया।[13] हालाँकि हमने यह भी देखा कि डॉ. खरे चिमूर अष्टी मुकदमे में संघ के लिए लड़े।

हिंदू महासभा ने संघ पर भारत छोड़ो आंदोलन से दूर रहने का दबाव डाला था, लेकिन संघ ने 1942 के भारत छोड़ो आंदोलन का समर्थन करने का फैसला किया। इस कारण हिंदू महासभा ने संघ की आचोलना की। यह असंतोष लंबे समय तक बना रहा, लेकिन समय के साथ कम हो गया। श्रीगुरुजी के वीर सावरकार से अच्छे संबंध थे। सावरकर ने पुणे में 1952 में आयोजित अभिनव भारत के अधिवेशन में उन्हें न्योता दिया था, जहाँ उसे भंग किया गया, क्योंकि स्वतंत्रता-प्राप्ति का उसका लक्ष्य पूरा हो गया था।[14]

यहाँ इसका एक दिलचस्प पहलू भी है। जब संघ ने 1934 में मुंबई में अपनी पहली शाखा खोली, तब वीर सावरकर के छोटे भाई नारायण

सावरकर वहाँ के पहले संघचालक बने। वे हिंदू महासभा के भी सदस्य थे और 1921 में असहयोग आंदोलन के दौरान जेल गए थे। पंजाब में आर्य समाज काफी सक्रिय हिंदू संगठन था। समय के साथ-साथ अधिकांश आर्य समाजी कार्यकर्ता संघ की ओर आकर्षित हो गए।

संघ पर अंग्रेजों की नजर

इस अवधि के दौरान अंग्रेज शासक संघ को लेकर सतर्क और सावधान थे। श्रीगुरुजी की हर गतिविधि पर उनकी पैनी नजर थी। अंग्रेजों ने अनेक प्रकार से संघ के कार्यों को रोकने का प्रयास किया। उदाहरण के लिए, अंग्रेज सरकार ने एक निर्देश जारी किया। इसके भाग 56 से 58 *के अंतर्गत इसने निजी संगठनों द्वारा पहनी जानेवाली सैन्य वर्दी और सैन्य शिक्षा पर पाबंदी लगा दी गई। इसमें संघ का नाम नहीं लिया गया, लेकिन यह स्पष्ट था कि इसके निशाने पर कौन था।* यह 1932 और 1933 में किए गए पिछले प्रयासों के अनुरूप ही था, जब संघ का दमन किया गया था और जिसकी चर्चा पिछले अध्याय में है। श्रीगुरुजी ने इस आदेश की काट निकाली और अधिकारियों के पास ऐसे पत्र भेजे, जिनमें इसकी वर्दी, इसके पदाधिकारियों के पदनाम तथा प्रशिक्षण के पाठ्यक्रम को बदल दिया गया।[15] सी.आई.डी. उनके विषय में नियमित रिपोर्ट भेजती रही।

ब्रिटिश खुफिया विभाग ने एक रिपोर्ट में बताया कि 27 अप्रैल, 1942 में पुणे के प्रशिक्षण शिविर में *"गोलवलकर ने उनकी निंदा की, जो स्वार्थवश अंग्रेज सरकार की सहायता कर रहे हैं।* 28 अप्रैल, 1942 को उन्होंने घोषित किया कि संघ ने अपना कर्तव्य जारी रखने का निर्णय लिया है, भले ही पूरी दुनिया उसके खिलाफ हो जाए। उन्होंने स्वयंसेवकों से यह भी कहा कि देश के लिए उन्हें अपने प्राणों का

बलिदान देने के लिए तैयार रहना चाहिए।"[16]

गृह विभाग की एक रिपोर्ट जबलपुर में आयोजित संघ शिविर के अंग्रेज-विरोधी स्वभाव को दिखाती है, जहाँ एक वक्ता ने कहा कि संघ का लक्ष्य अंग्रेजों को देश से बाहर खदेड़ना है और इसी भावना को अन्य वक्ताओं ने भी दोहराया।[17]

सी.आई.डी. की एक रिपोर्ट में कहा गया, "संघ की सदस्यता लगातार बढ़ रही है। मध्य प्रांत में सदस्यता बत्तीस हजार से बढ़कर तैंतीस हजार तीन सौ चौंतीस हो चुकी है। बंबई में यह अठारह हजार उनतीस से बढ़कर बीस हजार सत्ताईस हो चुकी है और पंजाब में दस हजार से बढ़कर चौदह हजार। ऐसे प्रयासों के उदाहरण के रूप में हम संघ प्रमुख, माधव सदाशिव गोलवलकर के लंबे-चौड़े दौरे को देख सकते हैं। अप्रैल के पिछले महीने में वे अहमदाबाद में थे, मई में अमरावती और पुणे में। जून में वे नासिक और बनारस में थे। उन्होंने अगस्त में चाँदा का दौरा किया, सितंबर में पुणे का, अक्तूबर में मद्रास और मध्यप्रांत तथा नवंबर में रावलपिंडी का।"[18]

30 नवंबर, 1943 की एक और सी.आई.डी. रिपोर्ट कहती है, "गोलवलकर ने मध्य प्रदेश में स्वयंसेवकों से एक ट्रेनिंग कैंप में कहा कि यह ट्रेनिंग सेना के *जीवन का अनुभव कराने के लिए दी जा रही है और वह समय तेजी से आ रहा है, जब हमें अपनी ताकत का परीक्षण उन विदेशियों के विरुद्ध करना होगा, जिन्होंने हिंदू समाज को काफी कष्ट दिया है।*"[19]

30 नवंबर, 1943 की रिपोर्ट कहती है, "संघ अखिल भारतीय संगठन बनने की दिशा में बड़ी तेजी से बढ़ रहा है। संघ के प्रवक्ता कहते रहते हैं कि संघ का मूल उद्देश्य हिंदू एकता प्राप्त करना है। यह स्पष्ट है कि संघ अपने प्रभाव के क्षेत्र का विस्तार करने पर तुला है और *इस वर्ष यह अपने संदेश को फैलाने के लिए मध्य प्रांत से*

लोकप्रिय धार्मिक संत तुकडोजी महाराज को अपने पाले में लाने में सफल रहा है।"[20]

सी.आई.डी. की एक रिपोर्ट के निम्नलिखित अंश भी अंग्रेजों के खुफिया जानकारी जुटाने तथा हिंदू-मुस्लिम राजनीति की उनकी गहरी समझ की एक झलक दिखाते हैं। यह अब एक अनुमान का विषय है कि यदि कांग्रेस नेताओं की समझ इस्लामी राजनीति को लेकर अंग्रजों जितनी गहरी होती तो इतिहास आगे क्या मोड़ लेता।

13 दिसंबर, 1943 की रिपोर्ट दिखाती है कि ब्रिटिश खुफिया विभाग को गुरुजी के कार्यों की जानकारी थी। इसमें लिखा है, "संघ पर पाबंदी लगाने का मामला बनाना संभव नहीं है। लेकिन यह भी उतना ही स्पष्ट है कि गोलवलकर तेज रफ्तार से एक मजबूत संगठन बना रहे हैं, जो आदेशों का पालन करेगा, गोपनीयता को बनाए रखेगा और किसी भी तोड़-फोड़ की गतिविधि में शामिल हो सकता है या जब कभी जरूरत हो, अपने नेताओं के आदेश पर ऐसा ही कुछ कर सकता है। इस संगठन का ढाँचा ऊपर से कुछ-कुछ *'खाकसारों'* जैसा दिखता है। लेकिन दोनों *के बीच मौलिक अंतर यह है कि जहाँ खाकसारों का नेता इनायतुल्लाह बड़बोला और असंतुलित मानसिक स्थिति वाला है, वहीं गोलवलकर काफी सतर्क, चालाक और अधिक योग्य नेता हैं।"* सी.आई.डी. की *रिपोर्ट और सावधान करते हुए बताती है, "सरसरी तौर पर देखें तो गोलवलकर की गतिविधियों से होनेवाला खतरा अभी दूर की बात है, लेकिन उन्हें एक ऐसे विद्रोही समूह के निर्विरोध नेता के रूप में स्थापित होने का अवसर देना, जो अपनी गतिविधियों से शांति को तबाह करने पर तुला है, इसे अनियंत्रित रफ्तार से बढ़ने औंर ताकतवर अनुशासित स्वयंसेवी संगठन बनने देना अनावश्यक जोखिम उठाने जैसा होगा।"*[20ए]

इस रिपोर्ट में गृह विभाग के अधिकारी, जी.ए. अहमद की टिप्पणी सरकार की मंशा से परदा उठाती है, "किसी संगठन द्वारा चलाए जा रहे

सभी शिविरों को भारत के रक्षा के नियमों के अंतर्गत प्रतिबंधित कर देना चाहिए। इससे संघ को सबसे तगड़ा झटका लगेगा, क्योंकि शिविरों का आयोजन ही इसकी प्रमुख गतिविधि है।" इसके बाद संघ के प्रशिक्षण शिविरों पर छापेमारी की गई और आयोजकों की गिरफ्तारी के अलावा साहित्य तथा हथियारों को जब्त कर लिया गया। संघ पर 1943 की खुफिया विभाग की इस रिपोर्ट ने एकदम स्पष्ट शब्दों में बता दिया, *"संघ का गुप्त उद्‌देश्य अंग्रेजों को भारत से खदेड़ना और इस देश को आजाद कराना है।"*

हम देखते हैं कि विभिन्न राज्यों में संघ की शाखाओं में जानेवाले सरकारी अधिकारियों और शिक्षकों के खिलाफ कानूनी कार्यवाही को लेकर जारी विभिन्न सरकारी आदेशों के बावजूद संघ की गतिविधियाँ लगातार बढ़ती जा रही थीं। *यह भी स्पष्ट है कि अंग्रेज संघ के दोस्त नहीं थे।* जैसा कि ऊपर अंग्रेजों की रिपोर्ट बताती है, गुरुजी एक ऐसे चालाक और बुद्धिमान नेता साबित हुए, जिन्हें कानूनी दाँव-पेंच से रोका नहीं जा सकता था। उन्होंने कानून की कमियों का लाभ उठाते हुए अपना कार्य और संघ के नेटवर्क का विस्तार जारी रखा। एक ओर अनेक उत्साही स्वयंसेवक कार्यरत थे तो दूसरी ओर संघ के दमन का प्रयत्न भी कभी थमा नहीं।

अंग्रेजों के भारत छोड़ने के अंतिम निर्णय में योगदान करनेवाले विभिन्न कारक

ऐसा लगता है कि भारत की स्वतंत्रता-प्राप्ति पर 1942 के आंदोलन के प्रभाव को लेकर लोगों की और इतिहासकारों की धारणा अलग-अलग है। यह सच है कि 1947 में भारत के स्वतंत्र होने से पहले चलाया गया यह आखिरी जनांदोलन था, फिर भी हमें यह नहीं भूलना चाहिए कि स्वतंत्रता-संग्राम की पूरी अवधि के दौरान क्रांतिकारी सक्रिय रहे।

वास्तव में जनांदोलन का प्रारंभ सन् 1857 में हुआ, परंतु क्रांतिकारियों ने पूरे स्वतंत्रता-संग्राम के दौरान अंग्रेजों को चैन से शासन करने का आनंद नहीं लेने दिया।

द्वितीय विश्वयुद्ध के दौरान नेताजी सुभाष चंद्र बोस के नेतृत्व में आजाद हिंद फौज (आई.एन.ए.) की कार्यवाही और उसके बाद 1946 के आरंभ में नौसैनिक विद्रोह ने ब्रिटिश साम्राज्यवाद की कमर तोड़ दी। इस विद्रोह ने दिखा दिया कि शासन के प्रति जनता में सम्मान या भय नहीं रह गया था। ऐसा लगता है कि कांग्रेस समर्थकों या वामपंथी इतिहासकारों के अनेक लेखों ने 1942 को कुछ अधिक ही महत्त्व दिया, परंतु स्वतंत्रता-संग्राम के अंतिम चरण में घटित उपरोक्त दो घटनाओं को नगण्य मान लिया। उन्होंने यह निष्कर्ष निकाला कि 1942 भारत से अंग्रेजों के जाने का एक प्रमुख कारण था। अब सारी परिस्थितियों को देखने पर हम सही आकलन कर सकते हैं।

कुल मिलाकर स्वतंत्रता के लिए तीन जनांदोलन हुए थे—1921, 1930, 1942, जिनमें से हर एक के बीच लगभग 10 वर्षों का अंतर था। वास्तव में उन सभी भारतवासियों को सलाम किया जाना चाहिए, जिन्होंने स्वतंत्रता प्राप्ति के लिए अटूट संकल्प लिया और भारत छोड़ो आंदोलन में निडरतापूर्वक सामूहिक रूप से हिस्सा लिया। उनका साहस और समर्पण अतुलनीय है। फिर भी निष्पक्ष विश्लेषण किया जाए तो पता चलता है कि 1942 के आंदोलन में हिस्सा लेने वाले वीर-साहसी भारतीय स्वतंत्रता सेनानी कहलाने का अधिकार तो रखते हैं, लेकिन हर वह व्यक्ति, जो उस ऐतिहासिक घड़ी में अपने-अपने तरीके से विदेशी ताकत का मुकाबला कर रहा था और उसे चुनौती दे रहा था, वह भी स्वतंत्रता सेनानी कहलाने का अधिकारी है।

वर्ष 1945 तक द्वितीय विश्वयुद्ध समाप्त हो चुका था। ब्रिटेन और अमेरिका के नेतृत्व में बने गठबंधन विजयी हो चुके थे। हिटलर एवं

जर्मनी के नेतृत्व में बने गठबंधन पराजित हो चुके थे। विजेता देशों ने पराजित सेनाओं पर अनैतिक फैसले लादने का प्रयास किया। भारत में नेताजी बोस की आजाद हिंद फौज के अधिकारियों के विरुद्ध साजिश रचने, उत्पीड़न करने और हत्या के मुकदमे चलाए गए। इस सिलसिले में किए गए कोर्ट मार्शल को 'लाल किला केस' के नाम से जाना गया।

ब्रिटिश सेना में तैनात भारतीय सैनिक 'लाल किला केस' से भड़क गए। फरवरी 1946 में 78 पोतों पर तैनात रॉयल भारतीय नौसेना के लगभग 20,000 नौसैनिकों ने ब्रिटिश साम्राज्य के विरुद्ध विद्रोह कर दिया। वे नेताजी की तसवीर लेकर निकल पड़े और अंग्रेजों को जय हिंद तथा आई.एन.ए. के अन्य नारे लगाने के लिए मजबूर कर दिया। विद्रोहियों ने ब्रिटेन के झंडे को उतार दिए और अंग्रेज अधिकारियों के आदेश को मानने से इनकार कर दिया। इस विद्रोह के बाद रॉयल एयर फोर्स और जबलपुर में ब्रिटिश भारतीय सेना में भी इसी प्रकार के विद्रोह हुए। अंग्रेज भयभीत हो गए। द्वितीय विश्वयुद्ध के बाद 25 लाख भारतीय सैनिकों को ब्रिटिश सेना से निकाल दिया गया था।

सन् 1946 में सेना की खुफिया रिपोर्ट ने संकेत दिया कि भारतीय सैनिक भड़के हुए थे और उन पर भरोसा नहीं किया जा सकता था कि वे अंग्रेज अधिकारियों के आदेश का पालन करेंगे। उस समय भारत में केवल 40,000 अंग्रेज सैनिक थे। उनमें से अधिकांश घर लौटने के इच्छुक थे और युद्ध लड़कर खूँखार हो चुके भारतीय सैनिकों से 40 हजार अंग्रेज सैनिक युद्ध करने को तैयार नहीं थे। ऐसी परिस्थिति में अंग्रेजों ने भारत छोड़ने और उसे स्वतंत्र करने का निर्णय लिया।[21]

आर.सी. मजूमदार कहते हैं, *"और इन तीनों का प्रभाव था कि भारत को स्वतंत्रता मिली। इनमें से जो बातें सामने आईं, उनके अनुसार, भारत में आई.एन.ए. केस की सुनवाई पर भारी जनाक्रोश पैदा हुआ। इसके कारण अंग्रेजों को, जिनका मनोबल द्वितीय विश्वयुद्ध के कारण*

पहले ही टूट चुका था, उन्हें समझ आ गया कि भारत पर शासन करने के लिए वे इन सैनिकों पर भरोसा नहीं कर सकते। उनके भारत छोड़ने का संभवत: यह सबसे बड़ा कारण था।"[22]

हमें यह जानना अति आवश्यक है कि देश को स्वतंत्र करने में कई तरह के समुदाय और शक्तियाँ अनवरत कार्यरत थे। जाने-माने इतिहासकार भी इस पहलू पर कभी प्रकाश नहीं डाल पाए और जाने-अनजाने इस तथ्य को उजागर नहीं होने दिया गया।

❑

3

15 अगस्त, 1947 सभी भारतीयों के लिए स्वतंत्रता लेकर नहीं आया

कांग्रेस नेता जब भारत को स्वतंत्र कराने की शेखी बघारते हैं, तो वे दो बातें भूल जाते हैं। एक, जैसा कि हमने ऊपर देखा है, स्वतंत्रता अनेक कारकों का मिला-जुला प्रभाव था, जिसे सभी प्रकार की विचारधारा वाले लोगों ने उस एक संगठन के अंतर्गत समर्थन दिया, जिसका नाम था कांग्रेस। दूसरा, वे चाहते हैं कि हम भूल जाएँ कि 1946 के आस-पास जब स्वतंत्रता की प्रक्रिया शुरू हुई, तब कांग्रेस नेताओं को लगता था कि उनका काम पूरा हो गया और वे सरकार की जिम्मेदारी सँभालने की औपचारिकताओं में व्यस्त हो गए।

जब बँटवारे पर सहमति बनी, तब कांग्रेस नेताओं को इसका अंदाज़ा नहीं था कि उसके कारण कितनी हिंसा होगी। हम यह नहीं मान सकते कि वे इतने भोले थे, क्योंकि उनका नेतृत्व करने वाले लोग बुद्धिमान तो थे ही। फिर भी ऐसा लगता है, जैसे उन्हें इसके परिणामों की ज्यादा परवाह नहीं थी और बाद की घटनाओं ने यह सिद्ध भी कर दिया। वास्तव में, बँटवारे के बाद पश्चिमी हिस्से (प्रस्तावित पाकिस्तान) के अधिकांश कांग्रेसी नेता सबसे पहले हिंसा से बच निकले और नए खंडित भारत में चले आए। इस दौरान कई नेताओं ने संघ की मदद ली।

हिंसक उथल-पुथल और बँटवारे के बाद के हालात से समाज की ओर से संघ को निपटना पड़ा, जिसकी एक भारी कीमत उसके स्वयंसेवकों और नेताओं को चुकानी पड़ी। इस त्रासद और हिंसक इतिहास को लेकर बस दिखावे की बातें की जाती हैं, जबकि इस त्रासदी और इस हिंसा के शिकार लोगों से अत्यंत संवेदनहीन व्यवहार किया गया। हमारे इतिहास की इस दुःखद घटना के लिए किसी को जिम्मेदार नहीं ठहराया गया और न ही इस विषय में कभी चर्चा हुई कि इस समय सहायता के लिए कौन आगे बढ़ा। स्वाभाविक रूप से संघ द्वारा संरक्षण देने के कार्यों को भी याद नहीं किया जाता, न ही संघ को उस काम का श्रेय दिया जाता है, जो नई सरकार और तथाकथित सबसे बड़े संगठन, यानी कांग्रेस का स्वाभाविक कर्तव्य होना चाहिए था, क्योंकि बँटवारे की सहमति उसी ने दी थी।

इस हिंसा के शिकार होनेवालों के लिए स्वतंत्रता की घोषणा किसी अध्याय की समाप्ति नहीं थी, बल्कि एक हृदय द्रावक त्रासदी के काले काल की शुरुआत थी। और उस भयंकर अनुभव के बीच संघ ने ही आशा की ज्योति जलाए रखी थी।

मुस्लिम लीग की ओर से भड़काई हिंसा के दौरान कांग्रेस नेतृत्व की कमजोरी

उस अवधि की कुछ कठोर सच्चाइयों को बेनकाब करना जरूरी है। रंगा हरि के अनुसार, "1946 से 1947 के अगस्त-सितंबर तक की अवधि भारत के लिए हिंसक त्रासदी की अवधि थी। मोहम्मद अली जिन्ना, जो अब तक मुस्लिम लीग के निर्विरोध नेता बन चुके थे, उन्होंने 23 मार्च, 1940 को लाहौर सत्र में 'हिंदुस्तान को टुकड़ों में बाँटो और हमें हमारा पाकिस्तान दे दो' के प्रस्ताव को पारित करा लिया था। दूसरी तरफ थे उस समय के महान् कांग्रेस नेता—गांधी, नेहरू, पटेल। जिन्ना को मुस्लिम समुदाय का आधिकारिक प्रवक्ता स्वीकार कर लिया गया

था। इस तरफ, हिंदू समुदाय ने गांधी, नेहरू, पटेल की त्रिमूर्ति को अपना नेता मान लिया था, जबकि हिंदू महासभा और उसके नेता सावरकार को अनदेखा कर दिया गया था। इन नेताओं पर लगभग पूरे हिंदू समाज को भरोसा था। तीसरा कारक, लॉर्ड माउंटबेटन ने इस राजनीति का लाभ दोनों को एक-दूसरे से लड़वाकर उठाया और खुद अपनी सत्ता का आनंद लेते रहे। जैसा कि आगे की घटनाएँ बताती हैं, कश्मीर के मुद्दे पर बड़ी चालाकी से पाकिस्तान का पक्ष लेकर वह भारत के लिए हमेशा का एक सरदर्द छोड़ने की मंशा से काम कर रहे थे।"

"सन् 1946 में कांग्रेस ने एक प्रस्ताव पास किया था कि वह अखंड भारत के पक्ष में है। लौहपुरुष सरदार पटेल गरजे थे कि 'तलवार का सामना तलवार से करेंगे।' जवाहरलाल नेहरू चिरपरिचित राग आलाप रहे थे, 'पाकिस्तान एक बेहतरीन बकवास है।' महात्मा गांधी ने 'हरिजन' में 6.4.1947 और 13.4.1947 में लिखा था, *"दो-राष्ट्र का सिद्धांत एक बेसिर-पैर का झूठ है। मेरी अंतरात्मा इस सोच से ही नफरत करती है। अंगों को काटने से असहनीय कष्ट होता है। भारत का बँटवारा करने से पहले मेरे टुकड़े कर दो।"* इन शब्दों का लोगों पर गहरा प्रभाव पड़ा। जनता ने उन नेताओं पर भरोसा किया था, जिन्हें वे स्वतंत्रता दिलाने के लिए अपने जीवन में किए निस्स्वार्थ त्याग के लिए देवदूत के रूप में देखते थे। लेकिन 16 अगस्त, 1946 को मुस्लिम लीग ने 'डायरेक्ट एक्शन' के लिए अपना 'हरा झंडा' उठा लिया और मुसलमानों ने हजारों हिंदुओं को इतनी निर्ममता से मार डाला कि मानवता भी शर्मसार हो गई। इस सीधी कार्यवाही से कांग्रेस अंदर तक हिल गई। कांग्रेस में *'क्षत्रिय'* की तरह लड़ने और युद्धभूमि में पीठ न दिखाने की भावना का घोर अभाव दिखा।"[1]

इस प्रकार, स्वतंत्रता के रास्ते में उस हिंसा के रूप में अनेक बारूदी सुरंगें बिछी थीं, जिसका शिकार उन देशवासियों को बनाया गया, जो शांतिपूर्ण तरीके से स्वतंत्रता प्राप्त करने का प्रयास कर रहे थे। इतिहास के

पन्ने जैसे-जैसे खुले, विस्थापित हिंदू, सिख और दूसरे भाई-बंधुओं का दर्द इस देश के लिए परिवर्तन के उस दौर की भयंकर त्रासदी बन गया और वह घना अंधकार 15 अगस्त, 1947 को छँटा नहीं। परिवर्तन के दौर की काली छाया आनेवाले कई महीनों, बल्कि वर्षों तक मँडराती रही।

स्वतंत्रता की परियोजना अभी पूरी नहीं हुई थी। इसे संघ ने समझ लिया था और उस अंधकार को जहाँ तक दूर करना संभव था, दूर करने के लिए दृढ़ता से खड़ा रहा। आधिकारिक इतिहासकार स्वतंत्रता-संग्राम के इस काले अध्याय को एक-दो पन्नों में निबटा देते हैं, संघ का नाम लेना तो दूर की बात है।

संघ हिंदू-सिख भाइयों के साथ मजबूती से खड़ा रहा

उस कठिन समय में गुरुजी ने आम लोगों का मनोबल ऊँचा रखने की जिम्मेदारी निभाई। उन्होंने लोगों के बीच यह संदेश भी दिया कि वे आगे आने वाली तबाही से लड़ने के लिए अपनी ऊर्जा को बचाकर रखें और अपनी ताकत को बढ़ाएँ। 1946 की 5 अक्तूबर को विजयादशमी त्योहार के दिन अपने उद्बोधन में नेतृत्व की इस 'गतिविधि में कमजोरी' की आलोचना करते हुए उन्होंने कहा था, "कौरवों और पांडवों की सेनाओं के बीच अपने रथ पर सवार अर्जुन को अचानक भ्रम में डाल देने वाली उलझनपूर्ण स्थिति का सामना करना पड़ा था। उनके सामने गुरु, भाई, पिता-चाचा और उनके बेटे खड़े थे। अर्जुन कायर नहीं, वीर थे। वह युद्धभूमि से भागना नहीं चाहते थे, बल्कि अपने हथियार रखकर अपने प्राण न्योछावर करने और 'निवृत्ति' की बात करते हुए सांसारिक उलझनों से दूर चले जाना चाहते थे। आज हमारे देश के सामने ऐसी ही स्थिति है। अर्जुन के समान ही, हिंदू समाज कर्मण्यता और अकर्मण्यता, कर्तव्य निभाने या न निभाने के भ्रम में डाल देनेवाली उलझन में पड़ा है।"[2]

एक अन्य अवसर पर उन्होंने कहा, "हथियार न उठाने और बदला न लेने पर कई प्रकार की बातें होती हैं। लेकिन मैं प्रतिक्रिया न करने की इस वर्तमान भाषा से सहमत नहीं हो सकता। यह हमारी वीरता के कारण उत्पन्न नहीं हुई है। यह कुछ और नहीं, बल्कि कायरता है और हम खुद को ही मूर्ख बना रहे हैं। *यह 'अधर्म' है, अर्थात् स्वयं को कष्ट देना अनैतिक है।*"[3] आत्मरक्षा के लिए तैयार रहने की अपील करते हुए उन्होंने बेहिचक कहा, "हमारा दृढ़ विश्वास है कि प्रत्येक व्यक्ति को आत्मरक्षा का स्वाभाविक अधिकार होता है और ऐसे व्यक्तियों से बने समाज को भी यह अधिकार होता है। मैंने समाचार–पत्रों में एक विचित्र कथन पढ़ा था, जिसमें कहा गया था, 'एक व्यक्ति या समाज को अपनी रक्षा का अधिकार नहीं होता, केवल सरकार के पास यह अधिकार होता है, और हमला होने पर भी किसी व्यक्ति को कानून को अपने हाथ में नहीं लेना चाहिए।' केवल कानून के पास ही व्यक्ति और समाज की रक्षा का अधिकार होता है। क्या इसका अर्थ है कि कोई हम पर हमला करे तो हम चुपचाप बैठे रहें और पुलिस के आने की प्रतीक्षा करें? क्या आत्मरक्षा का कोई प्रयास नहीं होना चाहिए? इसे कहाँ तक सही ठहराया जा सकता है? *आत्मरक्षा का अधिकार प्रकृति की ओर से प्रत्येक व्यक्ति और समाज को दिया गया अधिकार है।*"[4] संभवत: यह भी एक कारण था, जिसके चलते कांग्रेस संघ को पसंद नहीं करती थी, क्योंकि इसने दूसरा गाल दिखाने और हथियार डालने से इनकार कर दिया था।

श्रीगुरुजी, बाबासाहेब आप्टे और बालासाहेब देवरस जैसे संघ के प्रमुख नेताओं ने प्रभावित इलाकों का दौरा किया। रावलपिंडी, लाहौर, पेशावर, अमृतसर, जालंधर, अंबाला आदि पंजाब के गाँवों में हिंदू भाई आत्मविश्वास के साथ एकजुट होने लगे। अंग्रेजी दैनिक 'ट्रिब्यून' ने लिखा, "पंजाब हिंदुस्तान का खड्गहस्त है और संघ पंजाब का

खड्गहस्त। इस परिवर्तन से परेशान मुस्लिम लीग के मुखपत्र डॉन ने लिखा, "यदि कांग्रेस नेतृत्व मुस्लिमों से सहयोग चाहता है, तो उस संघ पर तुरंत पाबंदी लगा देनी चाहिए।"[5] मुस्लिम लीग समर्थकों की हताशा भरी यह टिप्पणी दिखाती है कि बँटवारे के दौरान हिंदुओं के खून के प्यासे मुसलमान गुंडे किस हद तक बेचैन थे। यह जमीनी हालात से कांग्रेस की अज्ञानता और एक आक्रामक राजनैतिक समूह से भयभीत होने की प्रवृत्ति दरशाता है, जो अपनी हिंसक प्रवृत्ति से देश को तबाह करने पर तुला था, और अपने उद्देश्य को प्राप्त करने के लिए किसी भी हद तक जा सकता था।

कांग्रेस नेतृत्व में संघ का विश्वास

नवंबर 1946 में पंजाब दौरे पर आए गुरुजी से जिला संघचालक डॉ. बलदेव बर्मन ने पूछा, "पाकिस्तान को लेकर काफी हो-हल्ला मचा है। क्या ऐसी संभावना है कि इसका निर्माण हो जाएगा?" आदरणीय गुरुजी ने जवाब दिया, "मुझे महात्मा गांधी में पूर्ण विश्वास है। वह पाकिस्तान के इस प्रस्ताव पर कभी सहमत नहीं होंगे। यह संभव है कि मुसलमानों को खुश करने के लिए वह जिन्ना के कई प्रस्तावों को मान लें। लेकिन वे देश का बँटवारा कभी नहीं होने देंगे।"[6] गांधीजी के प्रति गुरुजी का ऐसा विश्वास और सम्मान था।

प्रतिस्पर्धा नहीं, कांग्रेस को पूरा समर्थन

इसी दौरान पंडित नेहरू सिंध के हैदाराबाद पहुँच चुके थे। मुस्लिम लीग समर्थकों ने तय कर लिया था कि नेहरू की सभा में हंगामा करेंगे और उन्होंने अपनी धमकी से आगाह भी कर दिया था। लीग के सदस्यों को लगता था कि नेहरू पाकिस्तान की माँग का विरोध निश्चित रूप से करेंगे। इस कारण उन्होंने तय किया था कि वे उनकी बैठक नहीं होने देंगे। कांग्रेस के स्थानीय नेताओं को जैसे ही इसकी भनक लगी, वे

बेचैन हो गए। उनके दो वरिष्ठ नेता चिमनदासजी और बाबा किशनजी शहर संघचालक होतचंदजी से मिले और उन्होंने सभा को बिना किसी समस्या के संपन्न कराने के लिए संघ का सहयोग व समर्थन माँगा। संघचालक खुले दिल से इसके लिए राजी हो गए। इसके अनुसार कई स्वयंसेवकों ने इस बैठक में हिस्सा लिया। कांग्रेस की बैठक में संघ के स्वयंसेवकों को देखकर लीग के गुंडों की हालत ऐसी थी, जैस चूहों ने बिल्ली को देख लिया हो। वह बैठक बिना किसी समस्या के शांतिपूर्वक संपन्न हो गई।[7]

अमृतसर में संघ स्वयंसेवक कांग्रेस नेता राधा कृष्ण सेठ के जलते बँगले में उनकी चार बेटियों को बचाने के लिए तत्परता से घुस गया। मुस्लिम लीग के गुंडों ने उस घर को चारों ओर से घेर रखा था। परिवार के अन्य सदस्य जहाँ भागने में कामयाब रहे थे, वहीं ये लड़कियाँ नहीं भाग सकी थीं। बाद में राधाकृष्णजी ने नेहरू को बताया, "संघ सिरफिरे नौजवानों का समूह नहीं, बल्कि देश को बचाने के लिए तैयार रहनेवाले युवाओं का संगठन है।"[7ए]

एकजुट अखंड भारत के प्रति हिंदुओं का अविचल समर्थन था। रंगा हरि लिखते हैं कि जिन्ना के 'डायरेक्ट एक्शन' के बाद भी हिंदू आबादी बँटवारे के पक्ष में नहीं थी। *कम्युनिस्ट पार्टी बँटवारे के पक्ष में थी और उसने मुस्लिम लीग का समर्थन किया था।* उसने बँटवारे के पक्ष में एक प्रस्ताव पास किया था। इसके साथ ही अंग्रेज शासक और दूसरे नेता परदे के पीछे रहकर देश के बँटवारे की योजना बना रहे थे।

एक राजनैतिक समझौते के अंतर्गत दिल्ली में सितंबर 1946 में कांग्रेस तथा मुस्लिम लीग के गठबंधन की सरकार बनी। इसी व्यवस्था के साथ केंद्रीय सभा (आज जिसे संसद् कहा जाता है) का सत्र शुरू हुआ। जल्दी ही लीग ने नाटक शुरू कर दिया। पहले ही दिन सदन के अंदर और बाहर हंगामा मचा। मुस्लिम लीग की गुंडा-शक्ति ने अपना

असली रंग दिखा दिया। उन्होंने दूसरे दिन भी बेशर्मी के साथ यही खेल दिखाने का फैसला किया। लेकिन नेताओं ने तय कर लिया था कि वे इस अपमानजनक व्यवहार को दोबारा नहीं होने देंगे। इसे लागू करने के लिए दिल्ली राज्य कांग्रेस के सर्वोच्च नेता लाला देशबंधु गुप्ता कमला नगर स्थित संघ कार्यालय में आए और प्रांत प्रचारक वसंतराव ओके से मिले। इस प्रकार की बातचीत के फलस्वरूप इस गुंडागर्दी को करारा जवाब देने के लिए सैकड़ों स्वयंसेवकों ने केंद्रीय सभा को चारों तरफ से घेर लिया। प्रतिकूल परिस्थितियों की भनक लगते ही गुंडों के होश उड़ गए और सदन की कार्यवाही सम्मानजनक ढंग से चली। इन सबके बावजूद 3 जून, 1947 को हमारी मातृभूमि के बँटवारे की घोषणा कर दी गई।[8]

इस प्रकार की घटनाएँ दिखाती हैं कि संघ में कांग्रेस के खिलाफ न दुश्मनी की भावना थी, न ही प्रतिस्पर्धा की। उसका दृढ़ विश्वास था कि स्वतंत्रता-संग्राम के उद्‌देश्य से कांग्रेस विभिन्न विचारधारा वाले सभी भारतीयों का प्रतिनिधित्व करती है और संघ ने किसी भी हद तक जाकर इस संग्राम को अपना समर्थन दिया।

सबसे आगे संघ

उन खतरनाक परिस्थितियों में हिंदुओं की स्थिति उस समय गंभीर हो गई, जब मुस्लिम लीग के गुंडे अंधाधुंध हिंसा पर उतारू हो गए। जो अहिंसा के महान् पुजारी थे, उन्होंने चुप्पी साध ली। गुरुजी के नेतृत्व में संघ ने हिंदुओं की मदद की और 'पंजाब रिलीफ कमेटी' तथा 'हिंदू सहायता समिति' की स्थापना की। लाहौर इन दोनों की गतिविधियों का केंद्र था। पंजाब राज्य संघचालक रायबहादुर बद्रीदास इनके अध्यक्ष थे और डॉ. गोकुलचंद नारंग इन समितियों के कोषाध्यक्ष।[9] जैसे-जैसे जरूरत बढ़ी, लगभग सभी जिलों में राहत समिति बनाई गई, जिनमें संघ के स्वयंसेवक तैनात थे।

31 मई, 1982 को 'पंजाब केसरी' में प्रकाशित एक पत्र में सरदार हरवंश सिंहजी ने अपना अनुभव साझा किया कि किस प्रकार संघ स्वयंसेवक 4 मार्च, 1947 को मानव ढाल बनकर उस समय खड़े हो गए, जब मुस्लिम लीग के गुंडे दंगा करने लगे और हरि मंदिर साहब पर हमला करने का प्रयास किया, क्योंकि अधिकांश हिंदू-सिख भाइयों को होला मोहल्ला का उत्सव मनाने के लिए आनंदपुर साहिब ले जाया गया था। दोपहर एक बजे जब हमले आरंभ हुए, तब हरवंश सिंहजी दोस्तों के साथ दरबार साहिब चौक के लिए निकल गए। उन्होंने वहाँ गणवेश पहने पचास स्वयंसेवकों को मोर्चा सँभाले देखा। उनके हाथों में तलवारें और दो बंदूकें थीं। उन्होंने भरोसा दिया कि अमृतसर के विभिन्न इलाकों में और भी स्वयंसेवक तैयार हैं। बिजली पहलवान को सूचना दी गई और उन्होंने ट्रकों को भिजवाया तथा अमृतसर की रक्षा करने के लिए रात 8 बजे तक 8,000 सशस्त्र गाँववालों को इकट्ठा कर लिया। इस समय तक स्वयंसेवकों ने मोर्चा सँभाले रखा और बिजली चौक पर डटे रहे। किसी मुस्लिम गुंडे की उस मोर्चे को पार करने की हिम्मत नहीं हुई। यह घटना *'ज्योति जला निज प्राण'* की में फिर से प्रकाशित हुई।[10]

अमृतसर में इस प्रकार के दंगे छह महीने तक चले और अमृतसर के कोने-कोने तथा गली-कूचों तक पहुँच गए। 5 मार्च, 1947 के दंगों को पूरी तैयारी के साथ मुस्लिम लीग ने भड़काया था। आखिरकार हिंदू समाज ने संघ के स्वयंसेवकों के नेतृत्व में इस चुनौती का जवाब दिया।[11] इस लेखक के अपने मामा, जो एक स्वयंसेवक थे, लगभग अपनी जान गँवा बैठे थे, कई शवों के बीच उन्होंने मृत होने का नाटक कर अपनी जान बचाई। इन दंगों में उनकी एक उँगली कट गई और चोट से उनके सुनने की क्षमता भी कम हो गई।

फगवाड़ा और संगरूर में 16 से 20 जुलाई के बीच संघ के दो प्रशिक्षण शिविर आयोजित किए गए, जिनमें क्रमश: 1,400 और 2,300 स्वयंसेवक शामिल हुए। इसमें सिख भाइयों ने भी काफी तादाद में हिस्सा लिया। गुरुजी ने इन शिविरों का दौरा किया। पवित्र मस्तुआना साहिब गुरुद्वारा की गुरुद्वारा समिति के सदस्य गुरुजी को गुरुद्वारे में आने का न्योता देने पहुँचे थे। पेप्सू क्षेत्र के गुरुद्वारों के कई जत्थेदारों को भी न्योता दिया गया था। गुरुद्वारा के जत्थेदार ने कहा, *"यह हमारा धन्य भाग्य है कि आज हमारे बीच एक ऐसी महान् आत्मा है, जिसने सिखों की कलाई में पहने जानेवाले कड़े के समान ही धर्म की रक्षा के लिए पवित्र धागा बाँधा है। अपने ध्यान की शक्ति से वे एक सशक्त बल खड़ा कर रहे हैं, जो निश्चित रूप धर्म की रक्षा करेगा।"* अपने संक्षिप्त भाषण के बाद उन्हें सरोपा (श्रीगुरुग्रंथ साहिब का आशीर्वाद प्राप्त पवित्र कपड़ा) सौंपा गया। आभार व्यक्त करते हुए गुरुजी ने कहा, "मैं अपनी आँखों के सामने जब इस दृश्य को देख रहा हूँ, तब मैं साढ़े तीन सौ वर्ष पुराने इतिहास के एक पन्ने को याद कर रहा हूँ, जब गुरु गोविंद सिंहजी के रूप में उत्तर की महान् भारतीय शक्ति ने इसी प्रकार की दक्षिण की दूसरी शक्ति छत्रपति शिवाजी से मिलने का प्रयास किया था। लेकिन यह इस देश का दुर्भाग्य है कि वे साथ नहीं आ सके। वह मुलाकात जो उस समय नहीं हो सकी, वह आज हो रही है। मेरा दृढ़ विश्वास है कि धर्म की रक्षा में हम एक विशाल शक्ति के उदय को देखेंगे, जो हमारे धर्म को भविष्य में होनेवाले किसी भी खतरे से बिना संदेह निबटेगी।"[12] सिखों और हिंदुओं के बीच इस प्रकार का गहरा नाता था, जिसे संघ ने एक बृहद् हिंदू समाज में दो अलग-अलग आस्था मानने वाले, पर एक ही विचारधारा के कहते हुए, 'केशधारी' और 'सहजधारी' नाम दिया।

राष्ट्र सेविका समिति की संस्थापिका तथा उस समय इसकी संचालिका श्रीमती लक्ष्मीबाई केलकर, जिन्हें सब वंदनीय मौसीजी के

नाम से जानते थे, 4 अगस्त, 1947 को अपनी सहयोगी वेनुताई के साथ कराची आई थीं। विमान में केवल वही दो महिलाएँ थीं। श्री जयप्रकाश नारायण उसी विमान में थे और अहमदाबाद में उतर गए थे। *'लड़ के लिया पाकिस्तान, हँस के लेंगे हिंदुस्तान'* जैसे भारत-विरोधी नारे गूँज रहे थे। हिंसा बेकाबू हो चुकी थी। सड़कों के नाम बदले जा रहे थे, और इस कारण भाषा भी बदल रही थी। इस कठिन समय में कराची में हिंदू नव वर्ष का उत्सव मनाया गया और वहाँ लगभग 1200 सेविकाएँ मौजूद थीं। मौसीजी के भाषण का सारांश था, "साहस रखो, संगठन में विश्वास करो और अपनी मातृभूमि की सेवा करते रहो। यह मुश्किल भरा वक्त है।" और इस प्रकार उन्होंने उनके मनोबल को ऊँचा किया। कई महिलाओं को डर था कि उनकी इज्जत खतरे में है। उन्होंने उनसे दुर्गा जैसी बनने को कहा। उन्होंने यह भरोसा भी दिया कि भारत तक उनकी सुरक्षित यात्रा की व्यवस्था की जाएगी। अनेक परिवारों और महिलाओं को भारत लाया गया। जिन महिलाओं के खिलाफ गिरफ्तारी के वारंट जारी थे, उन्हें पूरी गोपनीयता के साथ बंबई के सुरक्षित घरों में रखा गया।[12ए] संघ विचारधारा वाली महिलाओं में अटूट साहस भरा था। राष्ट्र सेविका समिति की शीला कृपलानी और जेठी देवानी ने उस समय सिंध में हिंदुओं की बहुमूल्य सहायता की।[13]

जम्मू-कश्मीर की रक्षा के मोर्चे पर संघ स्वयंसेवक

'ज्योति जला निज प्राण की' एक ऐसी पुस्तक है, जिसमें स्वयंसेवकों और अन्य हिंदुओं के संघर्ष की कहानी तथा कबायली बनकर आए पाकिस्तानी फौज द्वारा महिलाओं पर की गई ज्यादतियाँ प्रत्यक्षदर्शियों की जुबानी दर्ज हैं। इसमें श्रीनगर से लेकर मीरपुर, अलीबेग, कोटली, राजौरी, पुंछ, स्कर्दू, देव बटाला, ऊधमपुर, अखनूर और जम्मू तक शहरवार तथा गाँववार चश्मदीदों की गवाही है। स्वयंसेवकों ने अन्य

ग्रामीणों के साथ मिलकर पुंछ में वायु सेना और सेना की मदद के लिए वहाँ एक हवाई पट्टी बनाई। वे सेना के साथ कंधे से कंधा मिलाकर लड़े और उपरोक्त स्थानों में सेना के साथ-साथ चले, क्योंकि वे उस इलाके से अच्छी तरह परिचित थे।

जम्मू-कश्मीर में जब पाकिस्तान का आक्रमण आरंभ हुआ, तब संघ ने वीरता के साथ लड़ाई लड़ी और संघर्ष के लिए गाँवों और शहरों को संगठित किया। प्रस्तुत पुस्तक में जम्मू-कश्मीर के संदर्भ में अध्याय 5 में ऐसी अनेक कहानियाँ हैं। यह पुस्तक इतनी छोटी है कि सारे विवरण देना संभव नहीं है, लेकिन इतना कहना काफी होगा कि यदि कोई इस पुस्तक में साहस की विभिन्न घटनाओं को पढ़े और समझे तो प्राणों का बलिदान देनेवाले स्वयंसेवकों की संख्या सैकड़ों में गिन पाएगा। उदाहरण के लिए, रामकिशन दत्ता मीरपुर में होनेवाली घटनाओं के चश्मदीद थे। वे बताते हैं कि मीरपुर में स्वयंसेवकों के नेतृत्व में हिंदुओं ने पाकिस्तानी सेना और उनके साथ अग्रिम पंक्ति में आए कबाइलियों को कई दिनों तक दूर रखने के लिए संघर्ष किया।[14]

पंडित प्रेमनाथ डोगरा, जो एक लोकप्रिय नेता थे, 1941 में संघ के जम्मू-कश्मीर विभाग के संघचालक बनाए गए थे। उन्होंने पाकिस्तानी आक्रमण के खिलाफ संघर्ष में अहम भूमिका निभाई। उन्होंने 1947-48 में 'पुरुषार्थी सहायता समिति' का नेतृत्व किया, जिसका गठन ऐसे विस्थापित हिंदू और सिखों को राहत दिलाने के लिए किया गया था, जो पाकिस्तान से जम्मू, लखनपुर और पश्चिम पंजाब के रास्ते भागकर भारत आ रहे थे। पंडित डोगरा ने आगे चलकर प्रजा परिषद् का गठन और नेतृत्व किया, जिसने जम्मू-कश्मीर के भारत के साथ पूर्ण विलय के लिए कड़ा संघर्ष किया और अनुच्छेद 370 के तहत दो झंडे, दो संविधान के खिलाफ लड़ाई लड़ी। यह आंदोलन जम्मू में काफी लोकप्रिय हुआ और इसे संघ का पूरा समर्थन प्राप्त था।[15] इस

आंदोलन ने जम्मू-कश्मीर को भारत के साथ जोड़ने और जम्मू-कश्मीर में भारतीय संविधान को लागू करने में अहम भूमिका निभाई। इसका समापन शेख अब्दुल्ला की गिरफ्तारी के साथ हुआ।

14 अगस्त, 1947 को श्रीनगर में डाक अधिकारियों ने इस तर्क के साथ अपने सभी कार्यालयों पर पाकिस्तानी झंडे फहरा दिए कि राज्य के सभी डाकघर सियालकोट सर्किल के तहत आते हैं, जो अब पाकिस्तान का हिस्सा है। इस पर संघ के स्वयंसेवकों ने जगदीश अब्रोल और प्रोफेसर बलराज मधोक के नेतृत्व में तुरंत ही संघ के दफ्तरों में सैकड़ों तिरंगे तैयार करवाए और जाकर एक ही बार में सारे पाकिस्तानी झंडे बदलवा दिए। फिर उन्होंने श्रीनगर के सभी नागरिकों से भारतीय ध्वज फहराने की अपील की। संघ के दफ्तर पर रातो-रात और झंडे तैयार किए गए और पूरा श्रीनगर भारतीय तिरंगों से पट गया।[16]

5 अक्तूबर, 1947 को कोटली के पट्टन पर आक्रमण हुआ। महाराजा की सेना के मुस्लिम सैनिक दुश्मन से जा मिले। कोटली के हिंदुओं ने 26 मोर्चे बनाकर कोटली की रक्षा करने का प्रयास किया, जिनमें से 8 पर सेना के जवान तैनात थे जबकि स्वयंसेवकों ने 18 मोर्चे सँभाल रखे थे, और हर एक मोर्चे पर 70 से 75 स्वयंसेवक मौजूद थे। जब पलंधरी पर हमला हुआ, तो स्वयंसेवकों की एक टीम सेना के साथ उसकी रक्षा करने निकली। इसमें मास्टर मनोहरलाल, बख्शी कृष्णलाल, लाला जगरार सिंह, पंडित राज बख्शी, दुर्गादास, द्वारकानाथ और लक्ष्मीचंद आदि जैसे वरिष्ठ स्वयंसेवक शामिल थे। इनमें से केवल बस्तीराम, ठाकुरदास और लाल सिंह जरगर ही इस कहानी को सुनाने के लिए जीवित बचे, अन्य सभी शहीद हो गए। उनकी हत्या कबायली कमांडर दिलेर खान ने निर्ममता से कर दी थी।[17]

कोटली की एक और रोंगटे खड़े कर देनेवाली कहानी 16 स्वयंसेवकों की है, जो संघ के नगर सचिव, वेदप्रकाश के नेतृत्व में

गोलीबारी का सामना करते हुए दुश्मनों के इलाके में कारतूस तथा दवाइयों के उन 12 बक्सों को लाने के लिए रेंगते हुए घुसे, जिन्हें सेना द्वारा विमान से गिराया गया था। बक्सों को लाने के दौरान उनमें से छह मारे गए। उन छह लोगों में वेदप्रकाश चड्ढा, धर्मवीर गुप्त, कालाराम जरगर, सोमराज कोहली, सूरजप्रकाश और सरसवाम के अमृतलाल शामिल थे। उनकी शवयात्रा में भारी तादाद में लोग शामिल हुए और अंतिम संस्कार में सेना की बंदूकें सलामी देने के लिए गरजीं।[18]

भारतीय सेना जब विमान से श्रीनगर में उतरी और एक टुकड़ी पुंछ की तरफ बढ़ने वाली थी, तब दुश्मन ने लकड़ी के पुल को जला दिया। वरिष्ठ संघ कार्यकर्ता अमृतसागर के मार्गदर्शन में साठ स्वयंसेवक तीन घंटे के भीतर ही वैकल्पिक रास्ता बनाने के लिए वहाँ पहुँच गए।[19] अमृतसागर के नेतृत्व में स्वयंसेवकों और नागरिकों ने पेड़ों को काटकर, सरकारी इमारतों को गिराकर 72 घंटे के भीतर पुंछ में एक रनवे तैयार करने में भी सेना की मदद की। इनमें मास्टर मूलराज शर्मा, सरदार कुबेरसिंह, मास्टर बेलीराम, ज्ञानी जीवन सिंह, ज्ञानी ठाकुर सिंह, बाबू बिहारीलाल, सरदार गोपीचंद ठेकेदार, मुंशीलाल आदि शामिल थे। इससे प्रतिदिन 35 विमानों का उतरना और 40,000 लोगों का वहाँ से निकाला जाना संभव हुआ।[20]

उस समय जम्मू-कश्मीर के विभाग प्रचारक श्री जगदीश अब्रोल ने पूरी अवधि के दौरान इन अभियानों का अग्रिम पंक्ति में रहकर पूरे साहस के साथ नेतृत्व किया। एक वरिष्ठ कार्यकर्ता प्रो. बलराज मधोक ने उस समय संघर्ष में महत्त्वपूर्ण भूमिका निभाई और आगे चलकर भारतीय जनसंघ दल के एक संस्थापक सदस्य बने।

जम्मू-कश्मीर के विलय में गुरुजी की भूमिका

भारत में जम्मू-कश्मीर के विलय में गुरुजी की भूमिका के विषय

में एक अध्याय ऐसा है, जिसे लगभग भुला दिया गया है। अक्तूबर 1947 में वे निजी दौरे पर गए थे और महाराज को भारत में विलय करने के लिए मनाया था। वे कभी प्रचार या संघ के कार्य का शोर मचाने में विश्वास नहीं करते थे। उनका मानना था कि अपनी मातृभूमि की सेवा किसी का भी स्वाभाविक कर्तव्य है और इसे खबर बनाना जरूरी नहीं है।

गुरुजी को उन संघ कार्यकर्ताओं से विलय की सारी बातचीत की जानकारी मिलती रहती थी, जिनके महाराजा से अच्छे संबंध थे। उन्होंने श्रीनगर जाने का फैसला किया। वे दिल्ली के राज्य प्रचारक वसंतराव ओक तथा बैरिस्टर नरेंद्रजीत सिंह के साथ 17 अक्तूबर, 1947 को विमान से दिल्ली पहुँचे। उस इलाके के क्षेत्रीय प्रचारक माधवराव मुले तथा जम्मू-कश्मीर के 4 से 5 राज्य स्तर के कार्यकर्ता उनकी प्रतीक्षा कर रहे थे।

संघ की ओर से किए गए बंदोबस्त के अनुसार गुरुजी और उनके सहयोगी बैरिस्टर के ससुराल पक्ष के घर दीवानियत भवन में ठहरे। अगले दिन 18 अक्तूबर को गुरुजी एक निजी कार से महाराजा से मिलने कर्ण भवन पहुँचे। गुरुजी के लिए महाराजा और महारानी के मन में काफी सम्मान था। इसलिए दोनों ही उनके स्वागत और मुलाकात के लिए महल के द्वार पर मौजूद थे। आरंभिक अनौपचारिक बातचीत के बाद सुबह 10.30 बजे औपचारिक चर्चा शुरू हुई। इस चर्चा में दोनों पक्षों में से और कोई मौजूद नहीं था। इसलिए कोई नहीं जानता कि इस बातचीत में क्या हुआ, किस प्रकार के सुझाव आए। जब महाराजा उस चर्चा के बाद गुरुजी को विदा करने आए, तो वे उनकी कार के पास आए और कहा, "मैं निश्चित रूप से आपके सुझावों पर ध्यान से विचार करूँगा।" विदा लेने से पहले गुरुजी ने महाराजा से अपील की, "यह अच्छा रहेगा कि राजकुमार को जम्मू भेज दें और आप श्रीनगर में रहें,

ताकि लोगों का मनोबल न गिरे।" दोपहर के भोजन के समय से पहले गुरुजी और उनके सहयोगी अपने ठहरने के स्थान पर लौट आए।[21]

इस घटना की पुष्टि कैप्टन दीवान सिंह ने एक हस्ताक्षरित बयान में की है, जो उस समय ए.डी.सी. थे और मृत्यु तक महाराजा के ए.डी.सी. रहे। उनकी मृत्यु 2016 में हुई। यह दस्तावेज *श्रीगुरुजी और जम्मू-कश्मीर* पुस्तक में प्रकाशित है, इसका संपादन और संग्रह जाने-माने इतिहासकार डॉ. महाराजकृष्ण भरत ने किया और इसका प्रकाशन श्रीगुरुजी जन्मशताब्दी समारोह समिति द्वारा स्मृति खंड के रूप में किया गया। इस बैठक के दौरान स्वर्गीय बी.एन. वर्हाडपांडे मौजूद थे और उन्होंने उस समय हुई मुलाकात और चर्चा का वर्णन मासिक पत्रिका 'तवी दीपिका' में किया था, जिसका प्रकाशन जम्मू में अक्तूबर 1988 में हुआ था।[22]

'इंडिया : शेडिंग द पास्ट, एंब्रेसिंग द फ्यूचर, 1906-2017' के लेखक अरुण भटनागर 1966 बैच के आई.ए.एस. अधिकारी थे और वे सोनिया गांधी के निकटतम सहयोगी माने जाते हैं। उन्होंने सोनियाजी द्वारा स्थापित की गई नेशनल एडवाइसरी काउंसिल (N.A.C.) का संचालन प्रभावशाली ढंग से किया था। इस पुस्तक में उन्होंने लिखा है कि 17 अक्तूबर 1947 को केंद्रीय गृहमंत्री, सरदार वल्लभ भाई पटेल के कहने पर गुरु गोलवलकर विमान से श्रीनगर पहुँचे, ताकि महाराजा को यह समझा सकें कि जम्मू-कश्मीर की आजादी का खयाल कितना बेतुका है। महाराजा ने भारत के साथ विलय के समझौते पर हस्ताक्षर करने की इच्छा जताई, जिसकी जानकारी सरदार पटेल को दी गई। हालाँकि अगले कुछ ही दिनों में पाकिस्तान के कबायलियों द्वारा राज्य पर आक्रमण कर दिए जाने से हालात पूरी तरह से बदल गए। महाराजा हरि सिंह को तत्काल पंडित नेहरू से सैन्य मदद की माँग करनी पड़ी। लेकिन कैबिनेट ने भारतीय सैनिकों को तब तक भेजने से इनकार कर

दिया, जब तक कि महाराजा जम्मू-कश्मीर का भारत के साथ विलय नहीं करते। उसकी दलील थी कि भारतीय सेना केवल भारतीय भूभाग की ही रक्षा कर सकती है।[23]

उसी शाम लाल चौक के पास मंगल बाग स्थित डी.ए.वी. कॉलेज में वरिष्ठ स्वयंसेवकों का पहले से आयोजित सांघिक मिलन कार्यक्रम था, जिसमें 500 से अधिक स्वयंसेवक शामिल हुए। गुरुजी ने वहाँ अपना बौद्धिक (भाषण) संदेश दिया। उन्होंने महाराजा के साथ मुलाकात की कोई चर्चा नहीं की। 19 अक्तूबर को वे दिल्ली लौट गए। गुरुजी दिल्ली में गृहमंत्री सरदार पटेल से मिले और उन्हें महाराजा के सकारात्मक रुख की जानकारी दी। सौभाग्य से मेहरचंद महाजन उस समय तक रामचंद्र काक के स्थान पर प्रधानमंत्री बन गए थे। आखिर में जम्मू-कश्मीर का पूरे देश के साथ विलय हो गया।[24]

डटे रहनेवाले अंतिम व्यक्ति

गुरुजी ने 1943 से 1947 के दौरान कई बार पंजाब और सिंध का दौरा किया। *गुरुजी का सिंध का आखिरी दौरा बँटवारे से ठीक एक सप्ताह पहले 7 अगस्त, 1947 को हुआ था।* उस दिन हैदराबाद शहर की 65,000 की आबादी में से 35,000 लोग नेशनल कॉलेज मैदान पर आए और गुरुजी को ध्यानमग्न होकर सुना। इससे दो दिन पहले कराची में एक विशाल जनसभा हुई थी। खचाखच भरी यह जनसभा फायर ब्रिगेड मैदान पर हुई थी, जिसकी अध्यक्षता महान् आध्यात्मिक गुरु साधु टी.एल. वासवानी ने की थी। उस समय तक सिंध के आम लोगों को आगामी बँटवारे की भनक लग चुकी थी और प्रत्येक व्यक्ति जानता था कि यह गुरुजी का सिंध में अंतिम दौरा होगा।

ऐतिहासिक दृष्टि से यह ध्यान देने योग्य तथ्य है कि जननायक गुरुजी आखिरी नेता थे, जिन्होंने हिंदू भाइयों के साथ आखिरी समय तक, यानी बँटवारे से सात दिन पहले तक अखंड भारत के सिंध का आखिरी

दौरा किया था। उस समय तक सिंध के अन्य तथाकथित महान् बुद्धिमान नेता भागकर सुरक्षित गंतव्यों तक पहुँच गए थे।[25]

गुरुजी ने संघ के शीर्ष कार्यकर्ताओं की एक टोली को वहीं रुकने और तब तक कानून तथा नैतिक समर्थन देने का निर्देश दिया, जब तक कि सिंधी भाइयों की समस्याएँ सुलझ नहीं जातीं, तब तथा वे घर लौटे। इस टोली में झमटमल वाधवानी, हरि आत्माराम समतानी, हशु अडवाणी, लच्छमन मताई, नारायण भावनानी तथा अन्य स्वयंसेवक शामिल थे। यह निडर टीम बँटवारे के लगभग एक साल बाद तक कराची में रही! संघ प्रचारक राजपाल पुरी उनके नेता थे और पुनर्वास की प्रक्रिया में मार्गदर्शन के लिए उन्होंने जोधपुर को अपना केंद्र बनाया, जहाँ किशन मुरारी ने उनके ठहरने का बंदोबस्त राजपूत सभा भवन में किया था।[26] सिंधी स्वयंसेवकों की अलग-अलग टीमें थीं, जो पुनर्वास की योजनाओं पर काम कर रही थीं। 1948 तक 13 लाख सिंधियों में से करीब 11 लाख भारत पहुँच चुके थे। संघ के स्वयंसेवकों ने उनका स्वागत किया और अपनी पूरी क्षमता के अनुसार उनकी सेवा की।[27]

विस्थापित भाइयों के लिए राहत कार्य

संघ ने 1947-48 में पंडित प्रेमनाथ डोगरा की अध्यक्षता में *'पुरुषार्थी सहायता समिति'* की स्थापना की, जिसने पश्चिम पंजाब से आनेवाले शरणार्थियों के लिए जम्मू से लखनपुर तक शरणार्थी राहत शिविर खोले।[28]

कलकत्ता में *'बस्तुहारा सहायता समिति'* का गठन किया गया। अगले तीन हफ्तों में इसकी शाखा ग्वालियर में खोली गई। मदद मिलने लगी। खजाने में रुपए 8,56,687 और कपड़ों की 1500 गाँठें इकट्ठा हो गईं। एक मुट्ठी अन्न की योजना शुरू की गई और हजारों विस्थापित हिंदुओं को भूख से बचाने में सहायता मिली। असम में पांडु, शिलाँग, सिलचर, तिनसुकिया, डिब्रूगढ़ तथा अगरतला में केंद्र खोले गए। बाद

में नगाँव, तेजपुर, दुब्री, लामडिंग और करीमगंज में और भी केंद्र खुले। बंगाली, असमी, पहाड़ी और मैदानी लोगों, अहोम और गैर-अहोम आदि के बीच नफरत फैलानेवाले प्रचार को समाप्त करने के लिए भी इस समिति द्वारा प्रयास किए गए और राहत तथा शांति पर ध्यान दिया गया। सीमावर्ती गाँवों में स्वयंसेवक परेशान और थके-माँदे शरणार्थियों की तुरंत सहायता के लिए सक्रिय थे। शुरुआती मदद के बाद विस्थापित लोगों को राहत शिविरों में लाया गया और उन्हें 'शरणार्थी कार्ड' दिए गए। इस कार्ड की विश्वसनीयता इतनी थी कि सरकारी राहत एजेंसियाँ भी उन्हें मान्यता देती थीं। यह कार्य एक महीने तक चलता रहा, जब तक कि सरकार ने राहत कार्य के प्रबंधन को नहीं सँभाला।[29]

सन् 1946 में 'पंजाब राहत समिति' का गठन किया गया, जब लुटे-पिटे और सताए गए हिंदू पंजाब में पश्चिम तथा उत्तर-पश्चिम राज्यों से लाहौर आने लगे और उन्हें शरणार्थी शिविरों में रखा गया। उनमें से कई तो बस तीन जोड़े कपड़े लेकर किसी तरह भागकर आए थे। हिंदुओं-सिखों ने खुले दिल से योगदान दिया। नए कपड़े, दवाइयाँ और अनाज भारी मात्रा में जुटाया। समिति से जब भी मदद माँगी जाती, लोग बड़े दिल से मदद करते। यह सब कुछ युवा अनुशासित स्वयंसेवकों की मदद से किया जा रहा था, जब शहरों में 70 घंटे का कर्फ्यू लगा रहता था।[30] ए.एन. बाली के अनुसार, "हिंदू और सिख लाहौर आने लगे थे। राहत कार्य मुख्य रूप से संघ द्वारा चलाया जा रहा था। ये लोग कुछ दिनों तक इन कैंपों में रहते और फिर हरिद्वार, देहरादून तथा दिल्ली जैसे शहरों में अपने रिश्तेदारों के पास चले जाते थे।"[31]

संघ द्वारा चलाए जा रहे इन राहत शिविरों ने पंजाब, सिंध, जम्मू-कश्मीर और बंगाल के बेघरों, हिंसा का शिकार हुए और लूटे गए भाइयों के लिए रक्षक का काम किया।

रजाकारों की हिंसा से हिंदुओं की रक्षा

दक्षिण में हैदराबाद का परिदृश्य उत्तर के कश्मीर से काफी अलग था। हैदराबाद के निजाम की मंशा स्वतंत्रता की घोषणा करने, यू.एन.ओ. से मान्यता प्राप्त करने और फिर पाकिस्तान का हिस्सा बनने की थी। महाराजा ने अल्पसंख्यक हिंदुओं को कश्मीर में मुस्लिम बहुसंख्यकों को सताने के लिए नहीं उकसाया था। लेकिन हैदराबाद के निजाम ने अल्पसंख्यक मुसलमानों को *रजाकारों* के रूप में संगठित किया, ताकि वे बहुसंख्यक हिंदुओं को दिन-रात डरा सकें। पड़ोसी मध्य प्रांत राज्य को मनुष्यों के वेश में शैतानों से असहाय आबादी की रक्षा की चिंता सता रही थी। मुख्यमंत्री रवि शंकर शुक्ला और गृहमंत्री द्वारका प्रसाद मिश्रा ने गुरुजी से सहायता माँगी। गुरुजी ने उन्हें विदर्भ के संघचालक बापूसाहेब सोलंकी के संपर्क में रहने को कहा। इस घटना के संबंध में सोहनजी इस प्रकार लिखते हैं, "रजाकारों ने जब आतंक मचा रखा था, तब हमने वाशिम, मेहकर जैसे इलाकों में एक बड़ा अभियान चलाया। हमारे अभियान का उद्देश्य लोगों में भरोसा पैदा करना, रजाकारों के आतंक को दूर करना और लोगों में सरकार की क्षमता के प्रति विश्वास पैदा करना था कि वह उनके जीवन और उनकी संपत्ति की रक्षा कर सकती है। सरकार ने हमें पेट्रोल तथा अन्य सुविधाएँ दीं।"[32]

संघ-रक्षक की भूमिका में

बँटवारे के उस भयंकर दौर के विषय में लिखते हुए प्रोफेसर ए.एन. बाली अपनी पुस्तक 'नाऊ इट कैन बी टोल्ड' में कहते हैं, "*उस कठिन समय में लोगों की रक्षा के लिए उन युवाओं के सिवाय और कौन आया, जिन्हें संघ के नाम से जाना जाता है?* उन्होंने राज्य के प्रत्येक शहर के प्रत्येक मोहल्ले की महिलाओं और बच्चों को सुरक्षित निकालने का बंदोबस्त किया। उन्होंने उनके भोजन, चिकित्सा तथा

कपड़ों का इंतजाम किया और हर संभव तरीके से उनकी देखभाल की। उन्होंने विभिन्न नगरों और शहरों में आग से लड़नेवाले दल का गठन किया। उन्होंने भाग रहे हिंदुओं और सिखों के लिए ट्रकों और बसों का इंतजाम किया और रेलवे की ट्रेनों में रक्षक दलों को तैनात किया। उन्होंने हिंदू तथा सिख मोहल्लों में दिन-रात गश्त की। उन्होंने लोगों को आत्मरक्षा का प्रशिक्षण दिया। सबसे पहले इन डरे-सहमे लोगों तक वही पहुँचे, सबसे पहले उनकी सहायता की और पूर्वी पंजाब में सुरक्षित ठिकानों तक सबसे आखिर में आए। *मैं पंजाब के विभिन्न जिलों के जाने-माने कांग्रेस नेताओं के नाम गिना सकता हूँ, जिन्होंने अपनी सुरक्षा तथा अपने परिवार की सुरक्षा के लिए संघ की सहायता ली। स्वयंसेवकों ने कभी मदद की किसी गुहार को अनसुना नहीं किया। ऐसे कई मामले सामने आए, जब संघ के स्वयंसेवक मुस्लिम महिलाओं और बच्चों को हिंदू मोहल्लों से मुस्लिम लीग के शरणार्थी शिविरों तक लेकर गए।*"[33]

ए.एन. बाली उन भयंकर परिस्थितियों का वर्णन करते हैं, जिनका सामना विस्थापित बंधुओं को उन अलग-अलग केंद्रों में करना पड़ा, जिन्हें उनकी सहायता के लिए सरकार ने बनाया था, और किस प्रकार वे क्रोध में जल रहे थे। वह उस समय सरकार चला रहे नौकरशाहों के असंवेदनशील और सनकी तर्क को दिखाते हैं, जिनके लिए शरणार्थी कुल आबादी का महज 3 फीसदी थे, जिनके लिए पाकिस्तान से लड़कर बाकी के 97 फीसदी जनता को मुसीबत में डालने का कोई मतलब नहीं था।[34] वे झुँझलाहट व्यक्त करते हुए कहते हैं, "अगर इसे अकेले संघियों पर छोड़ दिया जाता, तो पश्चिम और पूर्वी पाकिस्तान के शरणार्थियों की समस्या काफी पहले ही हल हो चुकी होती।"[35]

रंगा हरि इसी पुस्तक से उद्धृत करते हैं, जिसका वर्णन ऊपर किया गया है, "पूरा पंजाब जब जल रहा था और कांग्रेस नेता दिल्ली में असहाय बनकर बैठे थे, उस समय संघ के स्वयंसेवकों ने अपने

अनुशासन, शारीरिक शक्ति और अपनी जान को जोखिम में डालकर पंजाब के लोगों की रक्षा की। अब यदि पंजाब के बाहर रहने वाला व्यक्ति हिंदुओं और सिखों से कहता कि उन सिखों और संघ के बहादुरों की बहादुरी को भूल जाएँ, जिन्होंने उनकी रक्षा के लिए अपनी जान को जोखिम में डाला, तो उसकी बात कोई नहीं सुनेगा।" *पश्चिम पाकिस्तान से आनेवाला हर शरणार्थी संघ का ऋणी है। जब सभी ने उन्हें उनके हाल पर ही छोड़ दिया था, तब केवल संघ ही उनके साथ खड़ा था।"*[36]

सरदार पटेल ने श्रीगुरुजी को उनके एक पत्र के जवाब में 11-8-1948 को स्वीकार किया, "इसमें कोई शक नहीं कि संघ ने संकट के समय हिंदू समाज की सेवा की। जिन इलाकों में जरूरत थी, उनमें संघ के युवकों ने महिलाओं और बच्चों के प्राणों की रक्षा के लिए कठिन परिश्रम किया। *लेकिन मेरा मानना है कि संघ के लोग अपनी देशभक्ति के कार्य को केवल कांग्रेस के सहयोग से ही कर सकते हैं।"*[37]

के.एम. मुंशी ने दिनांक 2-10-1949 के आकाशवाणी साप्ताहिक में पृष्ठ संख्या 6 और 7 में लिखा—"देश के बँटवारे के दुर्भाग्यपूर्ण दिनों में संघ के युवाओं ने पंजाब और सिंध में असाधारण साहस का परिचय दिया। *इन युवकों ने हजारों महिलाओं की इज्जत और बच्चों की जान बचाई। अपने कर्तव्य को निभाते हुए कई युवकों की जान चली गई।"*[38]

ऐसे संघ के स्वयंसेवकों के उदाहरण मिलते हैं, जिन्होंने 'सुन्नत' कराई, इस्लामी तौर-तरीके सीखे और मुस्लिम लीग के बीच घुसपैठ की। एक उदाहरण दो युवकों का है—जम्मू का चरणजीत और जालंधर में गुरदासपुर का ओमप्रकाश। एक स्वयंसेवक, डॉ. जीतेंद्र सिंह, ने उनकी सुन्नत की।[39] खुफिया जानकारी जुटाने के लिए वे मुस्लिम लीग में घुसपैठ कर गए। *'ज्योति जला निज प्राण की'* उस दौरान संघ में सिखों की बड़ी संख्या की चर्चा भी करती है, जिनमें से कई ने अपने बंधुओं की जान बचाने में अपनी जान दे दी। साहसी सिख,

सरदार प्रद्युम्न सिंह संघ के ऐसे कार्यकर्ता थे, जो लाहौर के बादामी बाग स्थित शाखा के कार्यवाह थे। इसका उल्लेख भी पुस्तक में है।[40]

लाहौर मेडिकल कॉलेज के छात्र रह चुके डॉ. कमल किशोर ने उन स्वयंसेवकों के बारे में अपना अनुभव बताया, जिन्होंने शवों का अंतिम संस्कार करने वाले दल का गठन किया था। वे इतने व्यस्त रहते थे कि कभी-कभी उन्हें खाने तक का समय नहीं मिलता था। जैसे ही खबर आती, वे उस इलाके के लिए निकल पड़ते और अंतिम संस्कार के लिए शव को ले जाते तथा परिवार को उनके घरों तक सुरक्षित पहुँचा देते। डॉ. आर.एन. कटारिया (जो बाद में दिल्ली में एक सर्जन बने) और महेंद्र इस कार्य के प्रभारी थे। उन्होंने बताया कि कई बार उन्हें एक दिन में 10 शवों के लिए बंदोबस्त करना पड़ता था। एक अन्य स्वयंसेवक चुन्नीलाल ने उस समय के बारे में बताया, जब रावी नदी की बाढ़ के कारण वे श्मशान भूमि तक नहीं पहुँच पा रहे थे। वे मेयो अस्पताल से शवों को एक ट्रक से बाढ़ग्रस्त नदी तक अंतिम संस्कार के लिए ले गए थे। चुन्नीलाल को मनसेवी शिविर का प्रमुख बनाया गया था। उनके साथ कई संघ के स्वयंसेवक काम कर रहे थे। तरनतारण, पट्टी, खेमकरण, अटारी, अजनाला, डेरा बाबा नानक आदि में ऐसे राहत शिविरों का एक जाल था। इनका विस्तार पठानकोट, गुरदासपुर, होशियारपुर, अबोहर, फिरोजपुर, जलालाबाद, मुक्तसर, जींद, तलवंडी, अंबाला, जालंधर, गुड़गाँव और पूर्वी पंजाब की तरफ भी किया गया था।[41]

15 मार्च से 10 अक्तूबर तक लगभग 3,00,000 लोगों की सहायता की गई। करीब 20 राहत शिविर थे। उन शिविरों ने मुसलमानों की भी सहायता की गई। *लगभग 30,000 मुसलमानों की न केवल भोजन और चिकित्सा सेवा से मदद की गई, बल्कि उन्हें कठुआ सीमा से उस पार तक सुरक्षित जाने में भी सहायता दी गई।*[42]

वैद्य अमरनाथ डोगरा, जो उस समय संघ के एक वरिष्ठ सदस्य थे, एक घटना के विषय में बताते हैं, जब कांग्रेस के एक बड़े नेता भीमसेन सच्चर को मुस्लिम गुंडों ने धमकी दी थी। जब संघ के लोगों को इसकी जानकारी मिली, तो उन्होंने पूरे दिन उनकी सुरक्षा के लिए 4-4 स्वयंसवकों को तैनात कर दिया। जब 10-15 दिन बाद उनको इसके बारे में पता चला, तो वह संघ कार्यकर्ताओं को धन्यवाद देने पहुँचे, जिन्होंने यही कहा कि यह तो उनका कर्तव्य भर था।"[43] मैं इस बारे में आगे चर्चा क़रूँगा कि उन्होंने इस निस्स्वार्थ सेवा का मोल कैसे चुकाया।

'ज्योति जला निज प्राण की' हमें बँटवारे के समय मुस्लिम गुंडों के विरोध में लड़ रहे स्वयंसेवकों की गाथा से अवगत कराती है। प्रद्युम्न सिंह, तारा सिंह, तिलकराज और महेंद्र जैसे असंख्य स्वयंसेवकों की हत्या दंगों में या बलूच सेना की गोलियों से हुई। आम जनता को संघ पर इतना अधिक विश्वास था कि वह किसी भी समस्या के समाधान के लिए पुलिस की बजाय स्वयंसेवकों से संपर्क करना अधिक उपयुक्त समझती थी। लेखकों ने उस दौर की ऐसी कई आँखोदेखी घटनाओं की चर्चा की है।[44] जिनका विवरण रोमांचक एवं दिल को दहला देने वाला है, जो उस खतरनाक दौर में निस्स्वार्थ सेवा कर रहे स्वयंसेवकों के अदम्य साहस का परिचय देती है।

इतना कहना काफी होगा कि संघ के स्वयंसेवकों ने मुस्लिम लीग के गुंडों से लड़ने में अहम भूमिका निभाई और उसके साथ ही यह सुनिश्चित किया कि हिंदू-सिख परिवार सुरक्षित भारत पहुँच जाएँ। यदि संघ उस खतरनाक समय में न होता और न ही वह बीचबचाव के लिए आगे बढ़ता तो बँटवारे की वेदी पर और कई हजार मासूम जानों की बलि देनी पड़ जाती।

स्वाभाविक रूप से इस समय संघ की लोकप्रियता जबरदस्त रूप से बढ़ रही थी। इससे कांग्रेसी नेताओं को विशेष रूप से पंडित नेहरू

को ईर्ष्या और चिंता होने लगी थी कि कहीं संघ कांग्रेस के लिए चुनौती का विषय न बन जाए।

गुरुजी की जीवनी लिखनेवाले रंगा हरिजी की टिप्पणी है, "यदि कोई चाहे तब भी वह शरणार्थियों के पुनर्वास के लिए संघ द्वारा किए गए अथक प्रयासों को अनदेखा नहीं कर सकता है। हालाँकि, राजनैतिक हलकों में इसने ईर्ष्या और नफरत पैदा की। विशेष रूप से इसी की चर्चा करते हुए गुरुजी ने 24 अक्तूबर, 1947 को विजयादशमी उत्सव के अवसर पर कहा था, "पंजाब के प्रभावित हिंदू लोगों के दर्द को कम करने में संघ के प्रयासों को लेकर एक अंग्रेजी दैनिक ने टिप्पणी की है कि यह 'दुर्भाग्यपूर्ण, किंतु सत्य है।' विभिन्न राजनैतिक दल भी संघ को इसी तरीके से घेरना चाहते हैं। *वे चिंतित हैं कि कहीं संघ चुनावी राजनीति में शामिल हुआ, तो न जाने उनका क्या होगा। अपनी छवि को सही या गलत तरीके से बचाने का प्रयास कर रहे इन दलों को मैं आश्वस्त करना चाहता हूँ कि उनका भय अर्थहीन है।*"[45]

मातृभूमि के प्रति कर्तव्य कोई समाचार नहीं

स्वयंसेवकों और साथियों में संघ को लेकर सही दृष्टिकोण बने, इसके लिए उसी सार्वजनिक सभा में उन्होंने स्पष्ट किया, "स्वयंसेवकों ने उस भयंकर परिस्थिति में पूरे दिल से लोगों का साथ दिया। इसके लिए *संघ ने अपने स्वयंसेवकों की कभी प्रशंसा नहीं की, क्योंकि स्वयंसेवकों ने अपना स्वाभाविक दायित्व निभाया है।* जिस प्रकार एक भाई अपने दूसरे बीमार भाई की देखभाल करता है, सेवा करने के लिए उसके बिस्तर के करीब जागते रहने की खबर अखबारों में नहीं छपवाता है, उसी प्रकार स्वयंसेवकों ने अपने भाइयों की सेवा और सहायता की है। इस कारण हमें नहीं लगता कि उनकी प्रशंसा के गीत गाने की आवश्यकता है।"[46]

गांधीजी और संघ

इसी अवधि में महात्मा गांधी हरिजन बस्ती में रह रहे थे। हरिजन भाइयों ने अपने पूर्वज, अगाध श्रद्धा के पात्र महर्षि वाल्मीकि का बस्ती के कोने में एक छोटा, लेकिन सुंदर और साफ-सुथरा मंदिर बनवाया था। इसके दूसरी ओर मुसलमानों की एक बड़ी बस्ती थी। इस कारण सरकार ने अंदरूनी तौर पर यह माना था कि उस हरिजन बस्ती में महात्मा का जीवन सुरक्षित नहीं। दूसरी तरफ, गांधीजी अपनी सुरक्षा के लिए वहाँ सेना या पुलिस की तैनाती के खिलाफ थे। इसी उधेड़बुन के बीच *कांग्रेस के आला नेता, कृष्णन नायर राज्य प्रचारक वसंतराव ओक से मिले और उनसे माननीय बापूजी की सुरक्षा का इंतजाम करने का आग्रह किया। वसंतराव ने इसके लिए एक उपयुक्त योजना को लागू किया।*[47]

महात्मा गांधी ने इन दिनों संघ के स्वयंसेवकों को संबोधित करने में रुचि दिखाई। तत्काल एक रैली का आयोजन किया गया और *गांधीजी ने 16 सितंबर, 1947 को स्वयंसेवकों को संबोधित किया। यह घटना 'संपूर्ण गांधी वाङ्मय' में दर्ज है।* इस भाषण में उन्होंने वर्धा में अपने पूर्व दौरे को याद किया, जहाँ वे जमनालाल बजाज के साथ गए थे। उन्होंने जोर देकर कहा कि वे एक सनातनी हिंदू हैं। आखिर में उन्होंने कहा, "संघ उच्च कोटि का संगठित और अनुशासित संगठन है। इसकी क्षमता का उपयोग भारत के हित या अहित के लिए किया जा सकता है। मैं नहीं जानता कि संघ के खिलाफ लगाए जाने वाले आरोप सही हैं या गलत। यह संघ पर निर्भर करता है कि वह अपने अच्छे कार्य से ऐसे आरोपों को गलत साबित करे।"[48]

15 अगस्त का अर्थ यह था नहीं कि कार्य पूर्ण हो गया

देश जहाँ स्वतंत्रता का जश्न मना रहा था, वहीं संघ भारत को मिली नई स्वतंत्रता की रक्षा के लिए कार्य में जुटा था। भारत रत्न डॉ. भगवानदास ने लिखा, "स्वतंत्रता की घोषणा के तीस दिन भी नहीं गुजरे

थे कि मुस्लिम लीग ने भारत के प्रमुख नेताओं को बम से उड़ा देने की साजिश रच दी। उन्होंने सितंबर 1947 में एक जबरदस्त विस्फोट की योजना बनाई थी। दिन-रात सतर्क रहनेवाले स्वयंसेवकों ने अपने स्तर पर स्वयं जाँच की और सरदार पटेल को सटीक जानकारी दी। इस सूचना के आधार पर सैन्य बलों ने पहाड़गंज और उसके आसपास के अनेक ठिकानों पर छापेमारी की और भारी मात्रा में हथियार व विस्फोटक बरामद किए, फिर विद्रोहियों के खिलाफ कार्यवाही की।" उन्होंने आगे लिखा, "मेरे पास पुष्ट सूचना है कि मुस्लिम लीग के सदस्यों का भरोसा जीतने और उनके द्वारा रची साजिश की जानकारी जुटाने के लिए दिल्ली के संघ के कुछ स्वयंसेवकों ने तो इस्लाम कबूल करने का दिखावा तक किया। 10 सितंबर की यह साजिश सभी मंत्रियों और नौकरशाहों तथा हजारों हिंदू नागरिकों की हत्या करने, लाल किला पर पाकिस्तानी झंडा फहराने और भारत की सरकार पर कब्जा जमाने की साजिश थी। *यदि तत्परता और देशभक्ति की भावना से ओत-प्रोत इन युवाओं ने सही समय पर इस साजिश की जानकारी नहीं दी होती, तो आज भारत सरकार नाम की कोई चीज नहीं होती।*"[49]

हम देखते हैं कि इतिहास के इस महत्त्वपूर्ण मोड़ पर कांग्रेस के आला नेता शासन करने की गतिविधि की तैयारी करने और मंत्रालय बनाने में व्यस्त थे। कई कांग्रेस नेता 1946 के चुनावों के बाद प्रांतीय सरकारों में पहले ही मंत्रियों के अधिकारों का आनंद उठा रहे थे और अन्य सभी स्वतंत्रता के जश्न में डूबे थे। *लेकिन बँटवारे के समय बेघर हुए अनगिनत लोगों की दारुण कथा को और उन पर किए गए बर्बर अत्याचारों को या तो वे भूल गए या इस कटु दारुण सच्चाई से आँखें मूँद ली थीं। इतिहास की इस घड़ी में संघ ने अपनी पूरी ताकत बँटवारे के पीड़ितों के दुःख-दर्द को कम करने में झोंक दी, जिनके लिए स्वतंत्रता कुछ और नहीं, बल्कि सर्वनाश और दरिद्रता लेकर आई थी।*

कई लोगों का आरोप है कि संघ कभी बँटवारे को पचा नहीं पाया और कड़ा आलोचक बन गया था। हाँ, यह सच है। लेकिन इस भावना के पीछे के कारण को समझने के लिए यह जानने की आवश्यकता है कि बँटवारे से विस्थापित हुए लोगों के बारे में संघ के सरसंघचालक क्या सोचते थे। सितंबर 1947 में गुरुजी अमृतसर गए थे। जस्टिस रामलाल और सामाजिक कार्यकर्ता मेहरचंद महाजन वहाँ उनसे मिलने आए। उन्होंने आरंभ में ही कहा कि "गुरुजी, वैसे भी हम शरणार्थी हैं।" यह सुनकर गुरुजी ने तुरंत कहा, "नहीं, आप शरणार्थी नहीं हैं। यह देश हर एक व्यक्ति का है। आप सभी का इस पर समान अधिकार है। *'कोई अपने ही घर में 'शरणार्थी' कैसे हो सकता है?'*[50] गुरुजी का यह दृष्टिकोण इस अटल विश्वास का प्रतीक था कि "भारत एक है, अखंड है और उसके सभी नागरिक इस अखंड राष्ट्र की संतान हैं।" यहाँ तक कि बाद में भी, जब कभी वे किसी को 'शरणार्थी' शब्द का उपयोग करते सुनते, तो उनके चेहरे पर दर्द का भाव इस प्रकार झलकता था, मानो किसी ने गाली दे दी हो। गुरुजी का यह मानना था कि कोई दुर्भाग्यशाली भाई अपने प्रिय भाई के घर आता है तो वह शरणार्थी कैसे हो सकता है? क्या उसकी सेवा या सहायता करना परोपकार का काम है? फिर हम किस मुँह से प्रेम और स्नेह की बात कर सकते हैं? कर्तव्य का अर्थ क्या है? हमें अपने समाज के भाई-बंधुओं के प्रति प्रेम और भाईचारे की भावना रखनी चाहिए। उन्हें लगता था कि केवल वही लोग इन्हें शरणार्थी कह सकते हैं, जिनमें अपने बदनसीब भाइयों के लिए यह भावना नहीं है। यह शब्द दुर्भाग्य से लड़ रहे साथियों के लिए गाली है। इस दुखद परिस्थिति के बारे में उनके हृदय में ऐसे विचार थे।[51]

हमारे इतिहासकार और संघ के आलोचक इस बात को समझने में विफल रहे हैं कि स्वतंत्रता के लिए संघर्ष की समाप्ति भारत के नक्शे पर बँटवारे की लकीर खींच दिए जाने और ब्रिटेन के झंडे को

उतार दिए जाने से नहीं हो गई। लोगों ने इस राजनीतिक उथल-पुथल तथा उस समय के नेताओं की अदूरदर्शिता की भारी कीमत चुकाई। संघ और उसके स्वयंसेवक हमारे दुर्भाग्यशाली भारतीय सहोदरों को मदद पहुँचाने के लिए तत्परता से सबसे आगे खड़े रहे। इस तथ्य को न केवल नकारा या दरकिनार किया गया, अपितु ऐतिहासिक दस्तावेजों तक में मान्यता नहीं दी गई।

यह केवल गुरुजी की ही बात नहीं है, उस समय के कई अन्य विद्वान् भी स्वतंत्रता और बँटवारे को लेकर इसी प्रकार सोचते थे। महर्षि अरविंद ने विभाजन का घोर विरोध किया था। इस कारण 15 अगस्त, 1947 के उनके प्रसिद्ध स्वतंत्रता दिवस संदेश को उद्धृत करना दिलचस्प होगा, "भारत स्वतंत्र है, लेकिन उसने अखंडता प्राप्त नहीं की है, उसे केवल एक टूटी-फूटी स्वतंत्रता मिली है।...ऐसी आशा की जानी चाहिए कि कांग्रेस तथा यह देश इस फैसले को हमेशा के लिए किया गया फैसला नहीं, बल्कि एक अस्थायी उपाय से अधिक नहीं मानेगा। क्योंकि यदि यह स्थायी बन गया, तो भारत गंभीर रूप से कमजोर हो जाएगा, यहाँ तक कि छिन्न-भिन्न भी हो सकता है... देश का विभाजन समाप्त होना ही चाहिए। तनाव कम होने, शांति और समझौते की आवश्यकता को लेकर प्रगतिशील सोच रखने, समान और एकजुट कार्यवाही की निरंतर आवश्यकता, यहाँ तक कि आवश्यकता पड़ने पर विलय के समझौते से भी इसकी आशा की जानी चाहिए। इस प्रकार अखंडता किसी भी रूप में मिल सकती है—उसका निश्चित स्वरूप आशावादी, लेकिन मौलिक महत्त्व वाला नहीं हो सकता है। लेकिन चाहे किसी भी साधन से हो, यह विभाजन समाप्त होना चाहिए और समाप्त होगा। क्योंकि इसके बिना भारत का भाग्य गंभीर संकट में, यहाँ तक कि निराशा के गर्त में चला जाएगा। ऐसा किसी हाल में नहीं होना चाहिए।"[52]

स्वतंत्र भारत की घोषणा के बाद के लेख : *भुला दिए गए क्षेत्रों गोवा, दमन, दीव, दादरा और नगर हवेली तथा पांडिचेरी की स्वतंत्रता*

यह दु:खद बात है कि स्वतंत्रता के बाद कांग्रेस शासक गोवा, दमन, दीव और दादरा नगर हवेली के पुर्तगाली परिक्षेत्रों तथा पांडिचेरी (अब पुडुचेरी) के फ्रांसीसी परिक्षेत्र को लगभग भूल ही गए। लेकिन संघ नहीं भूला। इसके स्वयंसेवकों ने गोवा तथा अन्य पुर्तगाली परिक्षेत्रों की स्वतंत्रता में संगठन को पूरा सहयोग देकर उस संघर्ष में हिस्सा लिया। आखिरकार इन परिक्षेत्रों को पुर्तगाल से आधिकारिक रूप में 1961 में आजादी मिली। चूँकि हम उन घटनाओं के विषय में बात कर रहे हैं, जिनके कारण अंग्रेजों से भारत को स्वतंत्रता मिली, इसलिए मैं आपको इतिहास के इस हिस्से के बारे में भी संक्षिप्त में बताऊँगा, जिनकी चर्चा के बिना स्वतंत्रता का इतिहास पूरा नहीं होगा। चलिए यहाँ इस संघर्ष में संघ की भूमिका विषय में थोड़ा जान लें।

संघर्ष की गति तेज करने वालों में डॉ. राम मनोहर लोहिया का योगदान महत्त्वपूर्ण रहा। उस समय 1954 के आरंभिक दिनों में संघ के स्वयंसेवक राजा वाकणकर और नाना कजरेकर दादरा, नगर हवेली तथा दमन के आसपास के क्षेत्रों में वहाँ की भौगोलिक स्थिति का अध्ययन करने के लिए कई बार गए, वे उन स्थानीय लोगों के संपर्क में आए, जो चाहते थे कि उनका क्षेत्र भारत का हिस्सा बने। अप्रैल 1954 में संघ ने नेशनल मूवमेंट लिबरेशन ऑर्गनाइजेशन (एन.एम.एल.ओ.) तथा 'आजाद गोमांतक दल' (ए.जी.डी.) के साथ दादरा नगर हवेली के भारतीय गणराज्य में विलय के उद्‍देश्य से गठबंधन किया।[53]

2 अगस्त, 1954 को पुणे के संघचालक विनायक राव आप्टे के नेतृत्व में 100 स्वयंसेवकों की एक टोली ने दादरा और नगर हवेली के परिक्षेत्रों पर धावा बोल दिया। फिर उन्होंने सिलवासा पर हमला किया

और 175 पुर्तगाली सैनिकों को आत्मसमर्पण करने पर मजबूर कर दिया। वहाँ राष्ट्रीय तिरंगा फहराया गया और वह क्षेत्र केंद्र सरकार को सौंप दिया गया। आगे चलकर इन स्वतंत्रता सेनानियों को 2 अगस्त, 1979 में सिलवासा में सम्मानित किया गया।[54]

सन् 1955 में संघ के नेताओं ने गोवा में पुर्तगाली शासन की समाप्ति और भारत में उसके विलय की माँग की। जब प्रधानमंत्री जवाहरलाल नेहरू ने सैन्य हस्तक्षेप से मना कर दिया, तब संघ के नेता जगन्नाथ राव जोशी ने सीधे गोवा में लगभग 3,000 सदस्यों के साथ सत्याग्रह शुरू कर दिया। पुर्तगाली पुलिस ने उन्हें उनके समर्थकों के साथ जेल में बंद कर दिया। अहिंसक विरोध जारी रहा, लेकिन उनका दमन कर दिया गया। 15 अगस्त, 1955 को पुर्तगाली पुलिस ने सत्याग्रहियों पर गोलियाँ चला दीं, जिसमें करीब तीस नागरिक मारे गए।[55] उज्जैन के राजाभाऊ महाकाल उज्जैन के जत्थे का नेतृत्व कर रहे थे। पुलिस फायरिंग में उनकी मौत उस वक्त हुई, जब वे तिरंगा ऊपर उठाए हुए थे और गोली उनकी दाहिनी आँख को चीरकर निकल गई, तब भी उन्होंने तिरंगा झुकने नहीं दिया।[56] आगे चलकर जगन्नाथ राव जोशी कर्नाटक में जन संघ के एक प्रमुख नेता बने।

इन स्वतंत्रता सेनानियों के साथ ऐसा ईमानदारी और सम्मान के साथ व्यवहार नहीं हुआ, जिसके वे हकदार थे। मोहन रानडे और उनके साथियों ने गोवा में 'आजाद गोमांतक दल' के बैनर तले क्रांतिकारी सशस्त्र आंदोलन का नेतृत्व किया था। मोहन रानडे और उनके साथी तेलु मेस्केरनस गोवा में तथा बाद में 1969 तक विभिन्न पुर्तगाली जेलों में कैद रहे। प्रसिद्ध संगीतकार तथा स्वयंसेवक श्री सुधीर फडके के प्रयासों का फल था कि वे रिहा कर दिए गए।[57] मोहन रानडे अपने संस्मरण 'सरफरोशी की तमन्ना' में हमें बताते हैं कि नेहरू सरकार और उसके बाद की सरकारों की उपेक्षा के कारण उन्हें कितना कष्ट

सहना पड़ा। यह पुस्तक इस बात की भी पुष्टि करती है कि नेहरू ने इन परिक्षेत्रों को स्वतंत्र कराने के लिए देशभक्तों के विभिन्न प्रयासों का विरोध किया।[58] उन्होंने इस आंदोलन में संघ स्वयंसेवकों की भागीदारी की पुष्टि की है। भारतीय और फ्रांसीसी संसद् ने पांडिचेरी के लिए अर्पण की संधि को 16 अगस्त, 1962 में अनुमोदित किया, जिसके बाद वह भारतीय संघ में शामिल हुआ। यह हमारे राजनैतिक नेतृत्व पर गंभीर आक्षेप है कि जब 1947 में भारत को स्वतंत्रता मिली, तब भी भारत के प्रमुख भूभाग के ही परिक्षेत्रों में वहाँ के लाखों निवासी लंबे समय तक उनकी उदासीनता के कारण गुलाम बने रहे।

❑

4

राजनैतिक ईर्ष्या और संघ पर निशाना

राष्ट्रीय स्वयंसेवक संघ पर पाबंदी लगाए जाने से पहले बन रही परिस्थितियों को समझाना और यह स्पष्ट करना आवश्यक है कि गांधीजी की हत्या संघ पर पाबंदी लगाने का एक बहाना मात्र थी। इससे समझने में आसानी होगी कि क्यों आज भी कांग्रेस उसी पुरानी ईर्ष्या के कारण झूठी मनगढंत बातों के आधार पर संघ के विरुद्ध दुष्प्रचार में जुटा रहता है। मैं यह नहीं पूछूँगा कि इस हत्या से किसे लाभ हुआ और किसे सबसे अधिक हानि। इसका उत्तर स्पष्ट है। मैं यह नहीं पूछूँगा कि गांधीजी की हत्या के दुस्साहसपूर्ण कार्य से केवल 10 दिन पहले मदनलाल पाहवा ने गांधीजी की हत्या करने का षड्यंत्र कबूल कर लिया था, तब भी उनकी सुरक्षा के उपाय क्यों नहीं किए गए। याद रखें कि गांधीजी की प्रार्थना सभा में बम फेंकने के विफल प्रयास के दौरान उसे पकड़ लिया गया था। मैं इस कारण की गहराई में भी नहीं जाना चाहता कि क्यों पोस्टमार्टम नहीं किया गया, जबकि इस प्रकार की दुर्भाग्यपूर्ण मृत्यु के मामले में यह एक सामान्य प्रक्रिया होती है। पाठक इन विषयों पर विचार कर सकते हैं और सार्वजनिक रूप से उपलब्ध अन्य ऐतिहासिक दस्तावेजों की जाँच करके इस भयंकर घटना का विश्लेषण कर सकते हैं।

मेरी इच्छा बस इतनी है कि लोग संघ विरोधी माहौल के निर्माण

के पीछे छिपी तुच्छ मानसिकता को समझें। भविष्य में सत्ता में कांग्रेस के एकाधिकार को चुनौती देने वाली किसी भी स्पर्धा को समाप्त करने के लिए संघ को कुचलने के उपाय पहले ही आजमाए जा चुके थे। इस अवधि में संघ की लोकप्रियता चरम पर थी। अपनी जान को खतरे में डालकर हिंसक भीड़ से लोगों की रक्षा करने वाले और उन्हें नए सिरे से जीवन जीने में हर तरह से मदद करने के लिए तत्पर स्वयंसेवकों की निस्स्वार्थ सेवा की उपेक्षा करना सत्ताधारी दल की कृतघ्नता दरशाता है और यह वही सत्ताधारी दल था, जिसने इस अखंड भारत का बँटवारा तो किया ही था, पर परिणामस्वरूप बेघर हुए नागरिकों की रक्षा करने में भी बुरी तरह विफल रहा। किसी अन्य देश में इस प्रकार के साहसी कार्यकर्ताओं की जय-जयकार हुई होती। यह कुछ (सभी नहीं) कांग्रेस नेताओं की ईर्ष्या और द्वेष के कारण हुआ। वास्तव में कुछ सर्वोपरि नेता ऐसे भी थे, जिन्होंने संघ जैसे स्वार्थहीन, देशभक्त संगठन पर प्रश्न खड़े किए और कांग्रेस की संघ के प्रति घृणा की भावना को और अधिक हवा देकर उसे बढ़ाने का तुच्छ कृत्य किया। इन सशक्त नेताओं के माध्यम से समाज में आपसी वैर की भावना फैलने लगी। इसका कारण वास्तव में यह था कि सत्ता पाने की प्रबल लालसा उनमें थी, पर संघ की लोकप्रियता से वे असुरक्षित महसूस कर रहे थे।

इस बात को याद रखना चाहिए कि गांधीजी ने कांग्रेस को भंग किए जाने की वकालत की थी, ताकि उसके अवशेषों से विभिन्न विचारधाराओं वाले दलों का जन्म हो। लेकिन कांग्रेस का शीर्ष नेतृत्व स्वतंत्रता-संग्राम से बने सिक्के को अपने लाभ के लिए भुनाने के लिए तत्पर था, जबकि यह संग्राम कई प्रकार की विचारधाराओं के सम्मिश्रण का परिणाम था, जिसमें पूरे देश और विभिन्न विचारधारा के लोगों का योगदान था। इस कारण से कांग्रेस दल किसी भी स्थिति में, किसी भी विचारधारा या राजनैतिक संगठन को पनपने का अवसर नहीं देना चाहता था और

इसीलिए अनवरत रूप से संघ का विरोध करने में अपनी सफलता की खोज करता था।

वरिष्ठ संघ विचारक रंगा हरि ने श्रीगुरुजी की जीवनी में संघ के विकास को रोकने के कांग्रेस के ऐसे ही कुछ प्रयासों का उल्लेख किया है। पाठकों को इस तथ्य को नहीं भूलना चाहिए कि यह सब कुछ गांधीजी की हत्या से पहले से हो रहा था। संघ को किसी भी तरह कुचलने का अभियान पहले से ही चल रहा था।

संघ का दमन करने पर तुले कांग्रेस नेता

13 अक्तूबर, 1947 को प्रकाशित समाचार-पत्र 'दैनिक काल' के अनुसार, महाराष्ट्र में सतारा कांग्रेस कमेटी ने एक प्रस्ताव पास किया और मुख्यमंत्री बी.जी. खेर से *'संघ को उखाड़ फेंकने'* को कहा। धमकी भरे लहजे में समिति ने दावा किया कि 'नहीं तो 1942 जैसे आतंकी तरीके से हम ही संघ को तबाह कर देंगे।' किसी सत्पुरुष की तरह उन्हें सुझाव देते हुए मुख्यमंत्री ने उनसे कहा, "निराशापूर्ण मन:स्थिति में इस प्रकार की काररवाई न करें, अन्यथा आप पूरी तरह तबाह हो जाएँगे।"[1]

सन् 1947 में नवंबर 1 और 2 को पुणे में पश्चिमी महाराष्ट्र के युवा स्वयंसेवकों का एक बड़ा शिविर आयोजित करने का फैसला किया गया। इस शिविर में एक लाख स्वयंसेवकों के आने की संभावना थी। संघ के कार्य के लिए प्रशिक्षण पाने और व्यवस्था के लिए स्वयंसेवकों ने अपनी नौकरी और व्यवसाय से छुट्टी लेकर बड़ी संख्या में शिविर के लिए बंदोबस्त करना शुरू कर दिया। पूरी अवधि के दौरान गुरुजी की मौजूदगी निश्चित थी। सरदार पटेल मुख्य अतिथि के रूप में आने के लिए तैयार हो गए थे। आकाशवाणी ने शिविर के संबंध में खबरों के प्रसारण का इंतजाम कर लिया था। सभी पक्षों से शिविर के लिए हर संभव सहयोग अपेक्षा के अनुरूप उपलब्ध था। चारों ओर जबरदस्त उत्साह का माहौल

था। लेकिन कांग्रेस खेमे में कुछ ऐसे दुर्जन थे, जिनकी मानसिक शांति भंग हो चुकी थी और वे ईर्ष्या से तिलमिला रहे थे। आखिरकार राज्य के गृहमंत्री ने किसी 'अज्ञात' गंभीर परिस्थिति का बहाना बनाया और शिविर के लिए दी गई अनुमति को रद्द कर दिया। यह स्पष्ट था कि संघ कांग्रेस के भीतर की खींचतान का शिकार बन गया था।

वास्तव में कहीं भी किसी प्रकार की गड़बड़ी का कोई नामोनिशान नहीं था। इस कारण स्वयंसेवकों में जितनी निराशा थी, उससे कहीं अधिक रोश था। विरोध और निंदा करने के लिए यदि कार्यक्रम किए जाते तो असफल होने की कोई संभावना नहीं थी, लेकिन वरिष्ठ संघ कार्यकर्ताओं ने इस अभिशाप को वरदान में बदलने का निर्णय लिया। गुरुजी ने संदेश जारी किया कि महाराष्ट्र के प्रत्येक जिले में संघ की पूर्ण गणवेश में बड़ी रैलियाँ होंगी और गुरुजी इनमें से हर एक आयोजन में उपस्थित रहेंगे। स्वयंसेवकों का क्रोध उत्साह में बदल गया, और उन्होंने सफल होने की दृढ़ इच्छा के साथ काम शुरू कर दिया। 24 अक्तूबर से 5 नवंबर तक गुरुजी ने सभी तेरह जिलों का दौरा किया। जब अंतिम रिपोर्ट तैयार की गई, तब यह ज्ञात हुआ कि इन कार्यक्रमों में 1,300 गाँवों और शहरों के 4,00,000 से भी अधिक स्वयंसेवकों ने कार्यक्रमों में हिस्सा लिया।[2] अभिशाप और नकारात्मक तत्त्वों को संघ सदा इसी तरह प्रत्युत्तर देता रहा है।

इस घटना ने इस बात की ओर इशारा किया कि कांग्रेस सरकार की सोच और उसका तंत्र किस दिशा में काम कर रहा है। अगले महीने नवंबर में दिल्ली में मुख्यमंत्रियों की एक बैठक बुलाई गई। संघ की बढ़ती लोकप्रियता और उससे पैदा होनेवाली चुनौती के विषय पर चर्चा हुई। उनके सामने यह समस्या थी कि संघ पर लगाम कैसे लगे।[3]

इसी दौरान स्वयंसेवकों पर उत्तर प्रदेश के कंडाले में दंगे भड़काने का आरोप लगाते हुए वहाँ की कांग्रेस सरकार ने उनके खिलाफ मुकदमा

दर्ज कराया। बाद में सारे आरोप झूठे साबित हुए और उन्हें रिहा करना पड़ा। इसी प्रकार की साजिश अन्य स्थानों पर भी देखने को मिली।[4]

आगे चलकर 17 जनवरी, 1948 को *दिल्ली में अखिल भारतीय कांग्रेस कमेटी की एक बैठक हुई, जिसमें संघ के खिलाफ कठोर शब्दों में एक प्रस्ताव पारित किया गया। इसमें राज्य सरकारों से भी संघ विरोधी कदम उठाने की माँग की गई।* कांग्रेस की सबसे निचले स्तर की इकाइयों को भी इसी नीति को अपनाने के निर्देश दिए गए। इस दौरान केंद्र सरकार ने भी एक सर्कुलर जारी किया, जिसमें कहा गया था, "किसी सरकारी अधिकारी का संघ का सदस्य होना अवैध है।" इस संघ विरोधी मोर्चे के नेता उत्तर प्रदेश के मंत्री रफी अहमद किदवई थे।[5]

कल्पना कीजिए कि उन स्वयंसेवकों को कितनी निराशा हुई होगी, जिन्होंने बँटवारे के दौरान देश की तन-मन-धन से निस्स्वार्थ सेवा की और फिर उन्हें यह सब देखना पड़ रहा था।

प्रो. ए.एन. बाली ने लिखा, "उन्हें (संघ को) लोगों का रक्षक माना जाता था और यह एक सर्वमान्य धारणा थी कि पूर्वी पंजाब में उन्होंने हिंदू सिख शरणार्थियों के एक हिस्से का पुनर्वास कराया है...पंडित नेहरू की सरकार इन कुछ लाख लोगों के पुनर्वास में पूरी तरह विफल रही थी, जो सीधे तौर पर उसके भरोसे थे। *पंडित जवाहरलाल नेहरू ने अपने कानपुर के भाषण में संघ पर पंजाब में गड़बड़ी फैलाने का आरोप लगाया, जबकि उनके पास कोई सबूत नहीं था।* उनके जैसे जिम्मेदारी के पद पर बैठे व्यक्ति को अपने शब्दों को प्रकट करने से पहले अच्छी तरह तोल-मोल लेना चाहिए था।[6] उनका अनुशासन, उनकी शारीरिक तंदुरुस्ती और उनकी निस्स्वार्थ सेवा ने पंजाब के लोगों को खतरों से बचाया, जब पूरा प्रांत जल रहा था और कांग्रेस के नेता असहाय होकर दिल्ली में भटक रहे थे। वे न तो कानून व्यवस्था बनाए रखने के लिए कड़े कदम उठाने के अपने प्रस्ताव पर गवर्नर जनरल के अड़ियल रवैये से निपट पा रहे थे, न

ही मुस्लिम लीग के विरोध से उबर पा रहे थे।[7]

संघ-कांग्रेस की अंदरूनी राजनीति का शिकार

मध्य प्रदेश के गृहमंत्री पंडित द्वारका प्रसाद मिश्रा ने एक बयान दिया, जो संघ के पक्ष में दिखा। नागपुर नवभारत (19 दिसंबर, 1947) में विरोधी खेमे के आरोपों का जवाब देते हुए उन्होंने कहा, "लाठी के दम पर संघ सरकार का तख्तापलट कर सकता है, यह हास्यास्पद विचार है। यह आश्चर्यजनक है कि यह आरोप स्थानीय डीएसपी के खिलाफ नहीं लगाया गया। *मैं यह नहीं मान सकता कि संघ एक राजनैतिक संगठन है और ऐसी कोई आशंका नहीं कि यह पंडित नेहरू की सरकार को उखाड़ फेंक सकता है।"*[8]

स्वतंत्रता-प्राप्ति के बाद नवजात देश जहाँ गंभीर संकट से गुजर रहा था, विभिन्न प्रकार की खींचतान मची थी। वहीं नेहरू-पटेल के बीच का तनाव भी खुलकर सामने आ गया। यहाँ तक कि संघ को भी इसका नुकसान उठाना पड़ा। 6 जनवरी, 1948 को एक सार्वजनिक सभा में सरदार पटेल ने कहा, *"अपने अधिकारों और शक्तियों पर जोर देने के बजाय सत्ता में बैठे कांग्रेस के लोगों को संघ के साथ अलग तरीके से पेश आना चाहिए। दंडात्मक कार्यवाही से किसी संगठन को कुचलना संभव नहीं है। संघ के लोग ऐसे नहीं, जो स्वार्थ के लिए लड़ेंगे। वे देशभक्त हैं, जो अपनी मातृभूमि से प्रेम करते हैं।"* कुछ दिनों के भीतर ही मानो इस भाषण के जवाब में पंडित नेहरू ने अमृतसर में कहा, "संघ और हिंदू महासभा के लोगों ने हमारे राष्ट्र ध्वज का अपमान किया है। वे षड्यंत्रकारी हैं। मैं उन्हें कुचल दूँगा।"[9]

इस प्रकार सरकार में मतभेद के स्वर थे। बँटे हुए भारत के सुरक्षित वातावरण में आते ही कई कांग्रेस नेताओं ने अपने सुर बदल लिये। वे भी जिन्होंने भारत पहुँचने में संघ से मदद माँगी थी। इसका एक विशेष

उदाहरण श्री भीमसेन सच्चर का है, जिनकी चर्चा पहले की गई है और जिनके लाहौर स्थित घर की रक्षा संघ के स्वयंसेवकों ने की थी। उन्होंने बिना किसी साक्ष्य के गांधी की हत्या का दोष संघ पर लगाया और पंजाब में उनकी सरकार पाबंदी को हटाने के लिए सत्याग्रह कर रहे स्वयंसेवकों का जेल में उत्पीड़न करने में सबसे आगे थी। इस लेखक को इस उत्पीड़न की जानकारी उनके ही दो चाचाओं से हुई, जिन्हें सत्याग्रह के दौरान जेल में जाना पड़ा था।

समाचार विश्व की निष्पक्ष आवाज

संघ के दमन को लेकर समाचार-पत्रों का रुख और विश्लेषण निष्पक्ष थे। वे आँख मूँदकर सरकार से सहमत नहीं होते थे। दैनिक 'हितवाद' ने 28 अक्तूबर को लिखा, "संघ में हिंदू समाज को संगठित करने तथा इसे जाति, संप्रदाय और भाषा की संकीर्ण भावनाओं से ऊपर ले जाने की असीम क्षमता है, जो लोग संघ में हिटलर के नाजी संगठन के बीज देखते हैं, वे भारी चूक कर रहे हैं।"[10]

उत्तर कर्नाटक और दक्षिण महाराष्ट्र के वार्त्ता विहार ने 'कर्नाटक केसरी' गंगाधर राव देशपांडे के सार्वजनिक भाषण को छह दिन बाद 25 दिसंबर, 1947 को प्रकाशित किया। अपने भाषण में उन्होंने कहा था, "भाग्य भी विचित्र चीज है। जैसे ही कांग्रेस को सत्ता मिली, वैसे ही उसे संघ का खयाल आ जाता है और वे एक तोते की तरह 'संगठित मत हो' मंत्र का जाप करने लगते हैं। लेकिन मैं जब अपने 50 वर्ष के अनुभव की दिशा में पलटकर देखता हूँ, तो एक बार नहीं बार-बार कह सका हूँ कि हमारे देश में शांति बनाए रखने के लिए हिंदुओं को संगठित करना अत्यधिक महत्त्वपूर्ण है। मैं सत्ता में बैठे लोगों से अपील करता हूँ कि इस संगठन से दूर मत भागो। मुश्किल घड़ी में यही संगठन उनकी रक्षा करेगा।"[11]

दिल्ली से प्रकाशित होनेवाले 'ट्रिब्यून' ने इससे भी कठोर संपादकीय रुख अपनाया। इसके संपादक ने 26 नवंबर को लिखा, *"पंडित नेहरू ने पूर्वी पंजाब की सरकार को संघ तथा अकाली दल पर पाबंदी लगाने और उन्हें नष्ट करने का निर्देश दिया है। यह खबर इतनी भयानक है कि इसे बिल्कुल भी सच नहीं होना चाहिए। और यदि यह सच है, तो इसे केवल इस देश का दुर्भाग्य कहा जा सकता है···क्योंकि हमारे लिए पंडित नेहरू को यह याद दिला देना जरूरी है कि यदि इन राष्ट्रवादी संगठनों ने अपनी बहादुरी से क्रूर और अमानवीय पाकिस्तानियों का सामना नहीं किया होता, तो हजारों हिंदू और सिख बहनों का बलात्कार कर दिया गया होता और हजारों सिख तथा हिंदू बच्चे कत्ल कर दिए गए होते।* हमारे पास जितनी क्षमता है, उतनी क्षमता से हम यह कहना चाहते हैं कि संघ और अकाली दल ने इस सीमावर्ती राज्य के लोगों के दिलों में अपने लिए गहरी जगह बना ली है। यहाँ के लोग उन्हें अपने राज्य के पहरेदार के रूप में देखते हैं···यह और कुछ नहीं बल्कि कृतघ्नता है कि इन संगठनों पर सांप्रदायिक संगठनों या निजी सेनाओं का ठप्पा लगा दिया जाए। वास्तव में ये राष्ट्रवादी शक्तियाँ हैं, जिनमें सेना जैसा अनुशासन है, लेकिन कोई शस्त्र नहीं है। भारत सरकार को उन पर गर्व होना चाहिए।"[12]

कांग्रेस नेतृत्व को इतनी सख्त प्रतिक्रिया का अंदाज़ा नहीं था। वे कुछ समय तक चुप रहे, लेकिन उन्हें सही मौके का इंतजार था। इसके वास्तविक कारण का जिक्र सर्वोदय आंदोलन को चलानेवाले श्री बाणहट्टी ने अपने साप्ताहिक 'सावधान' में किया। उन्होंने खुलकर लिखा, "इस समय, संघ ही एकमात्र संगठन है, जो कांग्रेस को चुनौती दे सकता है। *संघ की संगठित शक्ति के कारण उच्च कोटि का चरित्रवाला प्रतिभावान, समर्पित युवा उसकी ओर आकर्षित हो रहा है। यही कारण है कि संघ कांग्रेस नेताओं की आँख का काँटा बन गया है।* कांग्रेस देशभर में संघ के कार्य, शिक्षित, बुद्धिमान युवाओं पर उसके प्रभाव और इसके

स्वयंसेवकों के दुर्लभ गुणों, जैसे कि किसी भी आपदा की घड़ी में धैर्य से कार्य करने को, अपने लिए चुनौती के रूप में ले रही है। यह देखकर भी कांग्रेस की बेचैनी बढ़ गई है कि संघ में उसी प्रकार के आध्यात्मिक गुणों का विकास हो रहा है, जिसके कारण कांग्रेस अपने आप को श्रेष्ठ शक्ति मानती थी।"[13]

कांग्रेस की ओर से संघ को परेशान करने और पिछले कुछ महीनों में उसे कुचलने के प्रयासों में एक साजिश को देखा जा सकता था। कांग्रेस सरकार संघ को विकसित होने का कोई भी रास्ता न देने पर तुल गई थी। वह नहीं चाहती थी कि युवा अनुशासित लोग एक ऐसे देश का फिर से निर्माण कर सकें, जिसे हाल ही में स्वतंत्रता मिली है और जो बँटवारे तथा ऐसे विस्थापित लोगों के दर्द से जर्जर था, जो कि अपना सब कुछ गँवा चुके थे।

कांग्रेस बुरी नीयत से 'आज नहीं तो कल' सही मौके की प्रतीक्षा कर रही थी, ताकि संघ की निरंतर, अटूट तपस्या को भंग कर सके। ठीक उसी समय *बिल्ली के भाग्य से छीका टूटा।* महात्मा गांधी की दुर्भाग्यपूर्ण हत्या से उन्हें यह मौका मिल गया।

गांधीजी की हत्या पर संघ की त्वरित प्रतिक्रिया

यह देखना शिक्षाप्रद है कि इस खौफनाक कृत्य पर संघ नेतृत्व ने कितनी त्वरित प्रतिक्रिया दी। संघ ने इस कार्य को जघन्य अपराध माना और गहरे सदमे की प्रतिक्रिया दी। गुरुजी ने अपने संदेश में इसे *'एक घिनौना क्रूरतापूर्ण कृत्य'* कहा और *'घृणा तथा शोक'* की भावना से देखा। उन्होंने इस कृत्य को *'अक्षम्य और राष्ट्र-विरोधी'* बताया। *संघ की शाखाओं को शोक तथा श्रद्धांजलि के रूप में 13 दिनों के लिए बंद रहने की सूचना दी गई, जो संघ के इतिहास में अभूतपूर्व घटना थी।* नीचे घटनाओं का एक क्रम दिया गया है, जो हत्या के बाद सामने आईं और

उन पर संघ ने तुरंत कड़ी प्रतिक्रिया दी।

गुरुजी चेन्नई में एक बैठक कर रहे थे, तभी उन्हें गांधीजी की हत्या की खबर मिली। उन्हें जी.टी. एक्सप्रेस से उसी रात विजयवाड़ा जाना था, लेकिन उन्होंने अपना कार्यक्रम तुरंत रद्द कर दिया और संबंधित लोगों को टेलीग्राम या पत्र भेजने में व्यस्त हो गए। उन्होंने प्रधानमंत्री, उपप्रधानमंत्री, गांधीजी के पुत्र देवदास गांधी को अलग से शोक-संदेश भेजे।[14]

उस रात वकील राजगोपालाचारी के चैंबर को अस्थायी केंद्रीय कार्यालय के रूप में बदल दिया गया। संदेश टाइप किए गए और संबंधित केंद्रों को निर्देश भेजे गए। उसी दिन सरसंघचालक ने चेन्नई से सभी शाखाओं को निर्देश जारी किया, "सम्मानित महात्माजी के दु:खद निधन पर अपना शोक व्यक्त करने के लिए शाखाओं की ओर से 13 दिनों तक शोक मनाया जाएगा और सभी दैनिक कार्यक्रमों को रोक दिया जाएगा।" 31 जनवरी को गुरुजी विमान से नागपुर रवाना हो गए।[15] *शाखा के कार्य को रोका जाना इससे पहले कभी नहीं हुआ था, न ही बाद में हुआ, इसके सबसे प्रिय शीर्ष नेताओं की मृत्यु पर भी नहीं, जिनमें श्रीगुरुजी भी शामिल थे।*

31 जनवरी को नागपुर पहुँचने के तुरंत बाद उसी दिन गुरुजी ने अंग्रेजी में 'रेसपेक्टेड पंडितजी' और हिंदी में 'मान्यवर सरदारजी' को पत्र लिखा। भाषा में अंतर के सिवाय दोनों पत्रों का विषय और उनका महत्त्व समान था। पटेल को भेजे पत्र में उन्होंने लिखा, "मैं कल चेन्नई में था, जब मुझे यह दु:खद समाचार मिला, जिसने पूरी मानवता को झकझोर दिया है। इतनी घिनौनी और निंदनीय घटना इतिहास में पहले कभी नहीं हुई होगी। हृदय असह्य पीड़ा से व्यथित है...उस व्यक्ति की निंदा के लिए शब्द नहीं मिल रहे, जिसने यह घिनौना कार्य किया है। इस प्रकार के निर्मम कुत्सित कृत्य के विषय में सोचा भी नहीं जा सकता। उस व्यक्ति के विषय में कोई क्या कहें, जिसने पूरे विश्व को स्तब्ध कर दिया है।"[16]

गुरुजी ने फरवरी के पहले दिन अखबारों में प्रकाशित किए जाने के लिए अपना प्रेस वक्तव्य जारी किया। उनके वक्तव्य से पहले लिखी प्रस्तावना इस प्रकार थी, "आधुनिक जगत् की सबसे पूज्य और श्रेष्ठ हस्ती की हत्या एक निकृष्ट कोटि का घिनौनी, नृशंस कृत्य है। ऐसे समय में सार्वजनिक भाषण और बयान न देने की अपनी परंपरा को किनारे रखते हुए मुझे लगता है कि यह मेरा कर्तव्य है कि उस अतंहीन विकर्षण और शोक को अभिव्यक्त करूँ, जिसमें मेरा हृदय डूबा है। आज हमारे देश की स्थिति संकटपूर्ण है। *ऐसे समय में एकता और शांति के प्रतीक उस व्यक्ति की आवश्यकता सबसे अधिक थी। इतने महान् व्यक्ति की हत्या एक अक्षम्य राष्ट्र-विरोधी कार्य है।* हम जब देखते हैं कि हमारे देश को कितनी क्षति हुई है तो हमारा हृदय क्रोध से भर जाता है और हमें भविष्य की चिंता सताने लगती है।"

ऐसी दुःखद स्थिति में लोगों से सेवा के पथ पर चलने का आग्रह करते हुए उन्होंने स्वयंसेवकों से कहा, "यदि चिढ़ या क्रोध से कोई गैरजिम्मेदारी की बात करता है या कोई अनावश्यक क्रोध का प्रदर्शन करता है, तब भी स्वयंसेवक बंधुओं को यह समझना चाहिए कि वह प्रत्येक नागरिक की महात्मा के प्रति प्रेम और सम्मान की अभिव्यक्ति है, जिन्होंने दुनिया की नजरों में हमारे देश की प्रतिष्ठा को ऊपर उठाया था।" यह वक्तव्य प्रकाशन के लिए ए.पी.ए. समाचार एजेंसी को भेजा गया था। उस एजेंसी ने इसे पूरी तरह नहीं बल्कि तोड़-मरोड़कर जारी किया। कई समाचार-पत्रों ने इसकी अनदेखी कर दी। दिल्ली के ऑर्गनाइजर ने इसे पूरी तरह प्रकाशित किया। लेकिन यह महज एक साप्ताहिक था, जिसके पाठक सीमित थे।[17]

कांग्रेस ने त्रासदी का लाभ उठाया

अनेक कांग्रेस नेताओं ने पहले से मन में तय एजेंडावाले बयान

देने शुरू कर दिए और दमन की कार्यवाही चालू हो गई। मध्य प्रांत के तत्कालीन गृहमंत्री द्वारका प्रसाद मिश्रा ने अपनी आत्मकथा 'लिविंग इन एन एरा' में लिखा, *"महात्मा गांधी की हत्या ने निर्लज्ज राजनीतिज्ञों को अपने प्रतिद्वंद्वियों को बदनाम करने और यदि संभव हुआ तो धराशायी करने का एक बहाना दे दिया, जिससे इनकार नहीं किया जा सकता।"*[18]

पाकिस्तान के सत्ताधारी दल, समर्थित 'द डॉन' ने इसे पूरी तरह प्रकाशित किया, जिसने एक ऐसी टिप्पणी से संघ पर लगी पाबंदी पर प्रकाश डाला, जो उनमें संतुष्टि की भावना को स्पष्ट कर देता है, *"आज हमारी पुरानी माँग पूरी हो गई।"*[19] पाठकों को याद होगा कि पिछले अध्याय में मैंने द डॉन को उद्धृत किया था, जिसमें स्वतंत्रता से पहले हिंसा प्रभावित दिनों में संघ पर पाबंदी लगाने की माँग की गई थी। यह कथन उस घृणा और भय का संकेत देता है, जो इस्लाम को माननेवालों में संघ को लेकर था। यह विडंबना है कि उस समय भी पाकिस्तानियों के हित और संघ के आलोचकों के हित उसी प्रकार एक हो गए थे, जिस प्रकार आज हैं।

गांधीजी की हत्या के तुरंत बाद श्री गुरुजी को धारा 302, 307 और 120 के कठोर आरोपों के तहत गिरफ्तार कर लिया गया।[20] बाद में धारा 302 और 120 को हटा दिया गया, क्योंकि सरकार को अपनी भूल का एहसास हो गया, जो उसने संघ को घेरने के लिए अपनी सीमा को लाँघकर काम किया था। लेकिन गुरुजी डिफेंस ऑफ इंडिया ऐक्ट के तहत 6 महीने की हिरासत में डाल दिया गया।[21] *हालाँकि सीआईडी की रिपोर्ट ने गांधीजी की हत्या के एक महीने के भीतर ही स्पष्ट कर दिया था कि इस दुर्घटना में संघ की कोई भूमिका नहीं थी, लेकिन इस रिपोर्ट का कभी खुलासा नहीं किया गया,*[22] और 'संघ ने गांधीजी की हत्या की' ऐसा दुष्प्रचार कई महीने तक चलता रहा। गृहमंत्री पटेल ने इस रिपोर्ट के आधार पर नेहरू को 27 फरवरी, 1946 को एक लंबा पत्र लिखा

था। यह एक गोपनीय दस्तावेज था, लेकिन अब पटेल–नेहरू पत्राचार में उपलब्ध है और यह पत्र पृष्ठ 56–57 में है। *यह कहा गया है कि गांधीजी की हत्या का जश्न मनाने के लिए मिठाइयाँ बाँटने की खबर गलत थी, और संघ इस साजिश का हिस्सा नहीं था। यह खुलासा हमें बताता है कि 5 महीने बाद जब गुरुजी ने गांधीजी की हत्या में संघ का हाथ होने के सबूत माँगे या पाबंदी को हटाने की माँग की, उससे पहले ही पटेल और नेहरू सच जानते थे।*[23] यह दिखाता है कि पाबंदी लगाने का कारण कुछ और था, जैसा कि इस त्रासदी से बहुत पहले ही संघ को दबाने के प्रयासों से दिख जाता है।

न तो कोर्ट ने, न ही षड्यंत्रकारियों ने संघ का नाम लिया, न ही अंतिम फैसले में संघ का नाम था। संघ नेतृत्व की ओर से बार–बार अपने खिलाफ सबूत माँगने या आरोप निरस्त कर पाबंदी को हटाने की माँग को कभी चुनौती नहीं दी गई। सरकार बस अस्पष्ट और निराधार आरोप लगाती रही।

ए.एन. बाली के अनुसार, महात्मा गांधी की मृत्यु के बाद भारत सरकार ने हिंदू महासभा और संघ के कार्यकर्ताओं पर कड़ा प्रहार किया। नई दिल्ली से प्रकाशित होनेवाले समाचार–पत्र 'द हिंदुस्तान टाइम्स' में छपी एक रिपोर्ट के अनुसार, महात्माजी की हत्या के बाद देश भर में लगभग दस हजार लोगों को गिरफ्तार किया गया था। '*अहिंसक कांग्रेस कार्यकर्ताओं और समर्थकों पर एक सामूहिक उन्माद हावी हो गया था। संसद् में सरकार की अपनी स्वीकारोक्ति के अनुसार महाराष्ट्र और देश भर में लगभग 1,000 घरों को जलाया या धराशायी कर दिया गया, सैकड़ों लोगों पर हमले हुए, उनकी हत्या हुई या घायल कर दिया गया।*[24] 1949 में लिखित इस मौलिक पुस्तक में उल्लेख है कि सत्याग्रह में हिस्सा लेने वाले संघ के कार्यकर्ताओं के साथ कितना क्रूर व्यवहार व्यवहार होता था और उन्हें मानवीय सुविधाएँ तक नहीं दी गई थीं।

संघ ने पाबंदी का विरोध कितनी शांति से किया, यह पाबंदी कांग्रेस नेतृत्व द्वारा कितनी अनिच्छा से हटाई गई, यह इस पुस्तक का विषय नहीं है। इतना कहना ही पर्याप्त है कि शांतिपूर्ण सत्याग्रह के माध्यम से गंभीर लड़ाई लड़ने के बाद यह पाबंदी हटा ली गई। संघ का सत्याग्रह 9 दिसंबर, 1948 से 22 जनवरी, 1949 तक 45 दिनों तक चलता रहा। अंतिम गिनती तक सत्याग्रहियों की संख्या 77,090 थी। संयोगवश, यह संख्या 1942 के आंदोलन के दौरान बंदी बनाए गए लोगों से बड़ी थी, जिसे स्वतंत्रता के लिए चलाया गया सबसे बड़ा जनांदोलन माना गया था।[25] जेल की दयनीय परिस्थितियों तथा पुलिस के अत्याचारों के बावजूद पूरे भारत में हिंसा की एक भी घटना नहीं हुई। इस सत्याग्रह से कांग्रेस पार्टी इतनी बेचैन हो गई कि सरकारी सेवकों पर अनुशासनात्मक कार्यवाही करने के साथ ही यू.पी. सरकार ने यह भी घोषित किया कि *इस प्रकार के प्रदर्शनों को देखना संघ के प्रति सहानुभूति जताने का संकेत या उसकी अभिव्यक्ति के रूप में देखा जाएगा, जिसके लिए उनके खिलाफ विभागीय कारवाई की जा सकती है।*[26]

सरकार संघ के खिलाफ किसी भी आरोप को सिद्ध नहीं कर सकी, लेकिन पाबंदी के फरेब को जारी रखने के लिए निराधार कारण गिनाती रही। अंतिम बहाना यह था कि संघ का कोई लिखित संविधान नहीं है। हास्यास्पद तथ्य यह है कि अपने जन्म के लगभग 14 वर्ष बाद तक कांग्रेस का भी कोई लिखित संविधान नहीं था। इसके अतिरिक्त कोई शर्त नहीं थी। सरकार को लिखित संविधान देने के बाद संघ पर लगी पाबंदी बिना शर्त हटा ली गई। यह संविधान कुछ और नहीं बल्कि संघ के उन सिद्धांतों का दस्तावेज था, जिनका पालन संघ खुलकर कर रहा था तथा यह संविधान संघ के कार्य करने की पद्धति थी, जिसे वह पिछले कई वर्षों से अपना रहा था।

बिना शर्त हटी पाबंदी

मैं इस अंश का समापन स्वयं गुरुजी की प्रतिक्रिया से करता हूँ, जो उन्होंने उन प्रश्नों के उत्तर में दी थी, जिनमें पाबंदी हटाने पर तथाकथित शर्तों का उल्लेख किया गया था। नागपुर यूनिवर्सिटी की ओर से 28 जुलाई, 1949 को एक अभिनंदन समारोह आयोजित किया गया और दूसरा सार्वजनिक अभिनंदन 29 जुलाई को हुआ। इस समारोह के दौरान 'हितवाद' समाचार-पत्र के संपादक ए.डी. मणि सरकार की तथाकथित शर्तों और उन पर संघ द्वारा दिए गए आश्वासन के संबंध में जानना चाहते थे। गुरुजी ने तथ्य स्वीकार करनेवाले अपने भाषण में कहा, "मैं चाहता था कि इस विषय पर चुप रहूँ कि मैंने सरकार को कोई लिखित आश्वासन दिया है। मैं आपको निश्चित रूप से बता सकता हूँ कि उस समय मैं गोलवलकर के रूप में, एक व्यक्ति के रूप में नहीं बल्कि एक राष्ट्रीय स्तर पर फैले विशाल संगठन के प्रतिनिधि के रूप में बात कर रहा था। *जिस संगठन के बारे में मैं बोल रहा था, उसे मैं कभी अपमानित न होने देता, चाहे इस स्थिति में मुझे अपने प्राण त्यागने पड़ जाते। मैं आपको आश्वस्त करना चाहता हूँ कि मैंने किसी भी प्रकार की कोई स्वीकारोक्ति या आश्वासन नहीं दिया है।* मैं बस इतना स्पष्ट कर दूँ कि किसी समझौते तक पहुँचने का अर्थ है कि दोनों ही पक्ष एक कदम पीछे लें। इस विचार के साथ माननीय टी.वी.आर. शास्त्री के सुझाव पर मैंने लिखित में यह बताने की अनुमति दे दी कि संघ इतने वर्षों से किस प्रकार कार्य कर रहा है। श्री शास्त्रीजी मेरे पिता से एक वर्ष बड़े हैं। मैंने यह अनुमति उनकी प्रतिष्ठा और ज्ञान के सम्मान में दी थी। आप जिस संघ को इतने प्रेम और आशा की भावना से देखते हैं, उस संघ के लिए मैंने एक भी ऐसा शब्द न कहा, न लिखा, जिससे कि इसका अपमान हो।"[27]

फिर भी इस विषय पर पाबंदी हटाए जाने के लगभग ढाई महीने तक काफी हो-हल्ला मचता रहा। सूरत के एक विधायक श्री लल्लूभाई

माकनजी पटेल ने महाराष्ट्र विधानसभा में प्रश्नों की एक सूची दी। वह विस्तृत प्रश्नावली निम्नलिखित है—

1. "माननीय गृह और राजस्व मंत्री हमें बताने का कष्ट करेंगे कि क्या यह सत्य है कि संघ से पाबंदी हटा ली गई है?
2. यदि ऐसा है, तो इस पाबंदी को हटाने के क्या कारण हैं?
3. क्या यह पाबंदी कुछ शर्तों के साथ हटी है या बिना शर्त?
4. यदि इस शर्तों के साथ हटाया गया है तो वे शर्त क्या हैं?
5. क्या सरकार को संघ के नेता ने कोई आश्वासन दिया है?
6. यदि दिया है तो वह आश्वासन क्या है?

श्री दिनकर राव एन देसाई की ओर श्री मोरारजी देसाई का उत्तर था—

1. हाँ
2. पाबंदी हटा ली गई, क्योंकि भविष्य में इसे जारी रखना आवश्यक नहीं पाया गया।
3. इसे बिना शर्त हटाया गया।
4. इस प्रकार का प्रश्न नहीं उठता।
5. नहीं
6. प्रश्न ही नहीं उठता।"[28]

इन उत्तरों से आलोचकों का मुँह बंद हो जाना चाहिए, जो हमें बताते हैं कि संघ से हटाई गई पाबंदी के साथ शर्तें जुड़ी थीं। इस चर्चा को खारिज करने का कोई आधार ही नहीं कि संघ ने पाबंदी हटाने की शर्त के रूप में राजनीति से दूर रहना स्वीकार किया, क्योंकि मैंने पिछले अध्याय में बताया है कि संघ सरसंघचालक ने पाबंदी का विषय उठने से पहले ही दोहराया था कि संघ की अभिरुचि राजनैतिक क्षेत्र में प्रवेश करने की नहीं है।

❑

निष्कर्ष

तथ्यों का यह संक्षिप्त संकलन स्पष्ट रूप से यह सिद्ध कर देगा कि स्वतंत्रता के समय एक युवा संगठन के रूप में संघ ने इस संग्राम में पूरी क्षमता के अनुसार अपनी भूमिका निभाई। इसके सदस्यों ने 1930 और 1942 के स्वतंत्रता-संग्रामों में हिस्सा लिया, जबकि इसके संस्थापक ने अपने आरंभिक जीवन के दौरान स्वतंत्रता-संग्राम में विभिन्न प्रकारों से हिस्सा लिया था, जिनमें 1921 का आंदोलन भी शामिल है, जो संघ की स्थापना से पहले की बात है।

इससे भी अधिक महत्त्वपूर्ण यह है कि संघ के सदस्य इस देश के नागरिकों की रक्षा के लिए साहस के साथ अपनी पूरी क्षमता से खड़े हुए, भले ही उन्हें इसकी भारी कीमत चुकानी पड़ी। बँटवारे की ज्वाला से लाखों भाई-बहनों को बचाने तथा 1946 से लेकर 15 अगस्त, 1947 को घोषित राजनैतिक स्वतंत्रता के समय तक उनके पुनर्वास के लिए वे साहस के साथ खड़े रहे। 1947 में पाकिस्तान के हमले से जम्मू-कश्मीर की रक्षा के लिए संघ के स्वयंसेवक दृढ़ता से खड़े रहे और भारत में इसके विलय के लिए उन्होंने अथक प्रयास किया।

अपने जन्म से ही संघ स्वराज या पूर्ण स्वतंत्रता के प्रति समर्पित था। डॉ. हेडगेवार ने बार-बार इस इच्छा का प्रदर्शन किया। स्वयंसेवक जो शपथ लेते थे, उसमें स्वतंत्रता-संग्राम की स्पष्ट चर्चा थी। संघ लोगों को

स्वतंत्रता-संग्राम के लिए तैयार कर रहा था। ब्रिटिश दस्तावेज दिखाते हैं कि संघ की बढ़ती ताकत से अंग्रेज सचेत थे। इस स्वतंत्रता को स्वराज में बदलने का अर्थ था कि भारत को ऐसे अनुशासित और साहस से परिपूर्ण युवाओं की आवश्यकता थी, जो देश के प्रति समर्पित हो सकें। इसलिए वह व्यक्ति-निर्माण के अपने अभियान में जुटा रहा और इसके अनेक स्वयंसेवकों ने आंदोलनों में सक्रिय भूमिका निभाई।

स्वतंत्रता का आंदोलन 15 अगस्त, 1947 को 'ट्रिस्ट विद डेस्टिनी' से समाप्त नहीं हुआ। वह साँझ वास्तव में लंबी अँधेरी रातों का आरंभ था, जब सुरक्षाबलों के साथ अपनी जान की बाजी लगाकर सभी स्वयंसेवक कंधे-से-कंधा मिलाकर चल रहे थे। विपत्ति की आँधी में घिरे बेघर हुए बंधुओं की रक्षा के लिए हर तरह से तत्पर निस्स्वार्थ भाव से सेवा करने वाले इन युवाओं को हथियारों की भी सहायता लेनी पड़ी। वास्तव में इसी कारण से इन्हें निंदा का पात्र भी बनना पड़ा। दंगे-फसाद के समय असहाय लोगों की रक्षा करना और अपने प्राणों की भी परवाह न करना, वीरता या देशभक्ति का परिचायक है या सांप्रदायिकता है यह तो हमें या हमारे इतिहास को तय करना है।

यदि तत्कालीन नई सरकार को कोई ईर्ष्या न होती तो उस देश, जिसने नई उपलब्धि के रूप में स्वतंत्रता प्राप्त की थी, के पुनर्निर्माण में इन युवाओं के अभूतपूर्व सहयोग को एक रचनात्मक ऊर्जा के रूप में पहचानता।

संभवत: सरदार पटेल के मन में ऐसा ही विचार था, जब उन्होंने गुरुजी को पत्र लिखा और संघ को कांग्रेस पार्टी के साथ काम करने को कहा। 11 सितंबर, 1948 को श्रीगुरुजी को उत्तर में उन्होंने लिखा था, *"मेरा दृढ़ विश्वास है कि यदि संघ कांग्रेस के साथ मिलकर कार्य करे तो अपनी देशभक्ति के साथ सही अर्थों में न्याय कर सकता है, न कि कांग्रेस का विरोध करके या उससे अलग रहकर।"*

यह सुसंदर्भित रचना उन लोगों के लिए नहीं, जो किसी हाल में संतुष्ट होना नहीं चाहते। कांग्रेस के कुछ प्रवक्ता और उनके समर्थक बहस में यह दावा करते हैं कि संघ ने 1963 के गणतंत्र दिवस की परेड में कभी हिस्सा नहीं लिया, जबकि समाचार-पत्र और वहाँ व्यक्तिगत रूप से उपस्थित लोग इस बात का प्रमाण हैं कि यह सत्य है। आप किसी की आँख बलपूर्वक नहीं खोल सकते, जो देखना ही नहीं चाहता। यह पुस्तक उन लोगों के लिए है, जो सच में संघ और देश के लिए निरंतर किए गए इसके कार्यों के विषय में जानना चाहते हैं।

संघ पर कांग्रेस के निरंतर हमला करने की नीति कम्युनिस्ट और वामपंथी बुद्धिजीवियों के लिए लाभप्रद रही है, इसलिए वे कांग्रेस की विचारधारा का समर्थन करते रहे हैं। यह जान लेना रुचिकर होगा कि इन महत्त्वपूर्ण वर्षों के दौरान साम्यवाद की अंतरराष्ट्रीय विचारधारा को अपनाने वाली कम्युनिस्ट पार्टी क्या कर रही थी। सारगर्भित रूप से कहें तो 1940 के दशक के दौरान कम्युनिस्टों की भूमिका काफी संदिग्ध थी। 1940 में अंग्रेजों के विरुद्ध सैन्य क्रांति का बिगुल फूँकने के बाद कम्युनिस्ट पार्टी ऑफ इंडिया (नोट करें, इसे इंडियन कम्युनिस्ट पार्टी नहीं कहा जाता था) ने एकदम यू-टर्न ले लिया जब नाजी जर्मनी ने जून 1941 में सोवियत संघ पर आक्रमण किया। जब हिटलर के विरुद्ध सोवियत संघ और अंग्रेज एकजुट हो गए, तब अपने लाभ के लिए सी.पी.आई. ने भारत में अंग्रेजों को अपने सहयोग का प्रस्ताव दिया। बदले में जुलाई 1942 में सरकार ने इस पार्टी को वैधानिकता दे दी।[2]

अपनी स्वाभाविक विचारधारा के कारण कम्युनिस्टों ने 22-24 मार्च, 1940 की मुस्लिम लीग की लाहौर घोषणा का समर्थन किया, जिसमें अलग मुस्लिम देश की माँग की गई थी। इसने घोषित किया कि मुस्लिम लीग एक धर्मनिरपेक्ष पार्टी है।[3] 1942 में कम्युनिस्ट पार्टी ऑफ इंडिया ने एक प्रस्ताव पास किया कि भारत अनेक देशों से बना देश है और इसमें कम

से कम 16 देश हैं। उन्होंने 1946 में कैबिनेट मिशन को एक प्रस्ताव सौंपा कि भारत को 16 अलग संप्रभु देशों में विभाजित किया जाना चाहिए।[4]

संघ और अकाली स्वयंसेवक जब हिंदुओं और सिखों की वीरता से रक्षा करने, उन्हें फिर से बसाने और स्वतंत्रता के समय मुस्लिम लीग की ओर से भड़काई जा रही हिंसा से लड़ने में जुटे थे, तब कम्युनिस्ट पार्टी ने अलग ही राष्ट्र-विरोधी रुख अपनाया। उन्होंने इस स्वतंत्रता को सच्ची स्वतंत्रता मानने से इनकार कर दिया और दावा किया कि यह मजदूर-विरोधी मध्यम वर्ग की सरकार है। यह रुख उनके विदेशी आकाओं की सोच के अनुसार थी। जोसेफ स्टालिन ने 9 फरवरी, 1951 को कहा था कि "हम भारत की वर्तमान स्थिति (पंडित नेहरू के नेतृत्ववाली पहली सरकार) को तब तक स्वीकार नहीं करेंगे, जब तक कि वहाँ समाजवादी क्रांति सफल नहीं हो जाती।" इस दृष्टिकोण का पालन करते हुए कम्युनिस्ट पार्टी ऑफ इंडिया ने तेलंगाना में सशस्त्र आंदोलन का नेतृत्व किया। ई.एम.एस. नंबूदरिपाद ने अपनी जीवनी में लिखा, "तेलंगाना में अपने सबक से सीखने की बजाय इसने तेलंगाना के सशस्त्र विद्रोह को पूरे देश में दोहराने के प्रयास किए। इसकी नीति अपनी सत्ता को तेलंगाना मॉडल के अनुसार स्थापित करने तथा नेहरू सरकार को उखाड़ फेंकने की थी।[5] कम्युनिस्ट पार्टी ने अपने इस हिंसक अभियान को 'भारतीय सेना की दमनात्मक कार्यवाही' का हवाला देते हुए 21 अक्तूबर, 1951 को समाप्त कर दिया। इसने हिंसक गतिविधियों को छोड़ने और सत्ता-प्राप्ति के लिए संवैधानिक तरीकों का उपयोग करनेवाले कानूनी दल के रूप में कार्य करने पर सहमति जताई।[6] हम जानते हैं कि इस खूनखराबे ने भारत की जमीन पर ऐसे बीज छोड़े, जो पहले तो हिंसक नक्सलबारी आंदोलन के रूप में पनपे और फिर उससे कई गुना बड़े और हिंसक माओवादी समूहों के रूप में सामने आए, जिसकी जड़ें उसी कम्युनिस्ट विचारधारा से निकली हैं। वे आज भी देश की अखंडता के लिए सबसे बड़ा खतरा हैं।

किसी देश के जीवन में ऐतिहासिक परिवर्तन के विषय में होने वाली

चर्चा को समग्र दृष्टि से देखना चाहिए, और इन परिवर्तनों का अध्ययन करते हुए दायरों को विस्तार देना चाहिए। दुर्भाग्य से एकरंगी वामपंथी दृष्टिकोण या भारत के वर्तमान इतिहास के संशोधन ने इसे एक व्यर्थ रूखा प्रयास बना दिया है, क्योंकि भारत के सफल स्वतंत्रता-संग्राम के लंबे काल में कार्यरत अन्य लोगों के बारे में या उनकी विचारधाराओं के बारे में यह अध्ययन हमें अवगत नहीं कराते।

स्वतंत्रता 3-4 आंदोलनों से कुछ व्यक्तियों या एक संगठन के कारण नहीं मिली। *स्वतंत्रता एक लहर के साथ धीरे-धीरे उफान पर आई, जो भारत के महान् संतों और आध्यात्मिक गुरुओं की प्रेरणा से पैदा हुए सांस्कृतिक पुनर्जागरण से निर्मित हुई थी।*

डॉ. बी.आर. अंबेडकर ने समय के साथ बढ़ते राजनैतिक संघर्षों के बारे में गहन बात कही है। वे कहते हैं, "राजनैतिक क्रांति अक्सर सामाजिक और धार्मिक क्रांतियों के बाद आती है, और यह इतिहास का प्रमाणित सिद्धांत है। सामान्य रूप से हर कोई यही कहेगा। लूथर द्वारा शुरू किए गए धार्मिक सुधार आंदोलन ने यूरोप के लोगों की राजनैतिक स्वतंत्रता के मार्ग को प्रशस्त किया। इंग्लैंड के नैतिकतावाद ने राजनैतिक स्वतंत्रता की राह दिखाई। नैतिकतावाद एक नए विश्वास का आधार बन गया। इसी नैतिकतावाद के कारण अमेरिका के स्वतंत्रता-संग्राम को विजय मिली। और नैतिकतावाद एक धार्मिक आंदोलन था। मुस्लिम साम्राज्य के विषय में भी यह स्थिति है। अरब के लोग हजरत मोहम्मद द्वारा शुरू की गई धार्मिक क्रांति से होकर गुजरे और फिर उन्हें राजनैतिक सत्ता प्राप्त करने का अवसर मिला। यहाँ तक कि भारत का इतिहास भी इस सिद्धांत को बल देता है। बुद्ध की धार्मिक और सामाजिक क्रांति भी चंद्रगुप्त के नेतृत्व में राजनैतिक क्रांति से पहले हुई थी। शिवाजी की राजनैतिक क्रांति से पहले महाराष्ट्र के संतों के कारण सामाजिक और धार्मिक सुधार हुए। सिखों की राजनैतिक क्रांति से

पहले गुरु नानक की धार्मिक और सामाजिक क्रांति हुई। इससे अधिक उदाहरण देना आवश्यक नहीं है। *किसी भी देश के स्वतंत्र होने के लिए, यह आवश्यक है कि पहले इसका हृदय और मन स्वतंत्र हो जाए।"*[8]

संघ के सहसरकार्यवाह मनमोहन वैद्य इस तर्क को आगे बढ़ाते हैं। वे लिखते हैं, "भारत मात्र एक राजनैतिक इकाई नहीं है। *यह एक सांस्कृतिक इकाई है, जिसका निर्माण हजारों वर्षों की विचार प्रक्रिया से हुआ है, जो निरंतर समग्र एकीकृत जीवन पर आधारित है। जीवन का यह दर्शन हमें एक अद्वितीय पहचान देता है, जो एकता के सूत्र में पिरोता है।* भारत के इतिहास में जब-जब बड़ी राजनैतिक उथल-पुथल मची है, तब-तब पहले देश की आध्यात्मिक ऊर्जा से प्रज्वलित सांस्कृतिक चेतना का अभ्युदय हुआ है। परिस्थिति जितनी विकट होती है, देश की आध्यात्मिक शक्ति उतनी ही जाग्रत् होती है। यही कारण है कि 12वीं से 15वीं सदी के दौरान भक्ति आंदोलन का उदय पूरे भारतवर्ष में हुआ। दक्षिण में रामानुजाचार्य से लेकर उत्तर में रामानंद तक प्रत्येक क्षेत्र में साधुओं, संतों, संन्यासियों और महान् आध्यात्मिक गुरुओं की एक निरंतर परंपरा देखने को मिली। अंग्रेजों के शासनकाल में हमने स्वामी दयानंद सरस्वती, रामकृष्ण परमहंस तथा स्वामी विवेकानंद के उदय को देखा, जिनसे आध्यात्मिक नेतृत्व मिला। इस प्रकार की सांस्कृतिक चेतना के पहले न आने से कोई भी राजनैतिक परिवर्तन सफल नहीं हो सका है।" वे कहते हैं कि इस कारण हमें यह ध्यान में आना चाहिए कि *सांस्कृतिक जागरण को राजनैतिक पैमानों से नहीं मापा जाना चाहिए। मौन, निरंतर जागृति भारत जैसे किसी देश के लिए काफी महत्त्वपूर्ण है।*[9] वे इस तथ्य को रेखांकित करते हैं कि दशकों के सामाजिक सुधारों और विभिन्न नेताओं तथा संघ समेत कई संगठनों द्वारा लोगों की चेतना को जागृत करने के फलस्वरूप स्वतंत्रता-संग्राम फलीभूत हुआ।

समय आ गया है जब नेहरूवादी माहौल अपने दुष्प्रचार के तंत्र

से संघ के विरुद्ध बेबुनियादी आरोपों का ताना-बाना बुनना बंद करे। संघ एक ऐसा संगठन है, जिसने लाखों भारतीयों को अपना समय और जीवन-समाज की निस्स्वार्थ सेवा में समर्पित करने की प्रेरणा दी है। मुझे आशा है कि हम भारत के लोग ऐतिहासिक और सामाजिक-राजनैतिक घटनाक्रम की इस पक्षपातपूर्ण व्याख्या से बाहर निकलेंगे तथा भारत के पुनर्जागरण के सबसे महत्त्वपूर्ण कार्य में जुट जाएँगे।

❑

भारतभूमि स्वतंत्र है, लेकिन उसने अब तक अखंडता नहीं, केवल टूटी-फूटी स्वतंत्रता प्राप्त की है। एक समय पर ऐसा लगने लगा था कि यह विभिन्न राज्यों की अराजक स्थिति में लौट जाएगी, जैसी स्थिति अंग्रेजों के विजय से पहले थी। सौभाग्य से अब इस बात की प्रबल संभावना है कि उस विनाशकारी पतन से बच जाएँगे। संविधान सभा की बुद्धिमत्तापूर्ण लागू परिवर्तनकारी नीति ने यह संभव किया है कि दबे-कुचले वर्गों की समस्या बिना फूट या संघर्ष के हल कर ली जाएगी। लेकिन हिंदू और मुस्लिम का पुराना सांप्रदायिक विभाजन देश के स्थायी राजनैतिक विभाजन का एक कठोर सत्य बनता प्रतीत हो रहा है। ऐसी आशा की जानी चाहिए कि कांग्रेस और यह देश नियत तथ्य तो हमेशा के लिए नियत नहीं मानेगा या इसे एक अस्थायी उपाय से अधिक नहीं समझेगा। क्योंकि यदि यही चलता रहा तो भारत गंभीर रूप से कमजोर, यहाँ तक कि पंगु भी हो सकता है। नागरिक संघर्ष की सदैव आशंका रहेगी, एक नए आक्रमण और विदेशियों की विजय की आशंका भी संभव है। देश का बँटवारा समाप्त होना चाहिए, आशा है तनाव में कमी, शांति और समझौते की आवश्यकता की प्रगतिशील समझ, समान और एकजुट कार्यवाही की निरंतर आवश्यकता, यहाँ तक कि इस उद्‌देश्य के लिए विलय के समझौते से यह संभव होगा। इस प्रकार, अखंडता किसी भी रूप में आ सकती है—सही रूप व्यावहारिक रूप से आवश्यक होगा, मूलभूत रूप से नहीं। चाहे किसी भी प्रकार से हो, यह विभाजन समाप्त होना चाहिए और होगा। क्योंकि इसके बिना भारत का भाग्य गंभीर रूप से खतरे में पड़ सकता है और दुर्भाग्य में भी बदल सकता है। लेकिन ऐसा किसी हाल में नहीं होना चाहिए।

—15 अगस्त, 1947 को महर्षि अरविंद का वक्तव्य

(स्वतंत्रता दिवस संदेश, आत्मकथात्मक नोट, सी.डब्ल्यू.एस.ए., खंड 36, पृ. 475-76)

❑

संदर्भ

अध्याय-1

1. डॉ. हेडगेवार, एन.एच. पालकर, मराठी, 5वाँ संस्करण, 2000, पृष्ठ 21-22
2. वही, पृष्ठ 37
3. डॉ. केशव बलिराम हेडगेवार, राकेश सिन्हा, पहला संस्करण, पृष्ठ 19
4. Blank
5. एन.एच. पालकर, उद्धरण, पृष्ठ 51
6. वही, पृष्ठ 79
7. वही, पृष्ठ 80
8. डॉ. मनमोहन वैद्य, पाञ्चजन्य, 11-12-2018, पृष्ठ 31

8ए. वही, पृष्ठ 83

9. वही, पृष्ठ 88
10. वही, पृष्ठ 91
11. वही, पृष्ठ 98
12. डॉ. मनमोहन वैद्य, उद्धरण
13. एन.एच. पालकर, उद्धरण, पृष्ठ 107
14. वही, पृष्ठ 109-110
15. वही, पृष्ठ 105
16. मनमोहन वैद्य, उद्धरण, पृष्ठ 29
17. राकेश सिन्हा, उद्धरण, पृष्ठ 103
18. इंडिया पॉलिसी फाउंडेशन पत्र http://wwwindiapolicyfoundation.org/slider1/Report%20of%20the%20National%20Flag%20Committee.pdf; alsocrwflags.com

19. राकेश सिन्हा, उद्धरण, पृष्ठ 104
20. वही, 105
21. एन.एच. पालकर, उद्धरण, पृष्ठ 205
22. वही, पृष्ठ 206
23. वही, पृष्ठ 209
24. राकेश सिन्हा, उद्धरण, पृष्ठ 111
25. वही, पृष्ठ 110
26. एन.एच. पालकर, उद्धरण, पृष्ठ 223
27. वही, पृष्ठ 223
28. वही, पृष्ठ 286-287
29. राकेश सिन्हा, उद्धरण, पृष्ठ 145
30. वही, पृष्ठ 145
31. वही, पृष्ठ 150
32. वही, पृष्ठ 152
33. वही, पृष्ठ 153, 154
34. एन. एच. पालकर, उद्धरण, पृष्ठ 265-267
35. वही, पृष्ठ 300
36. एफ.एम. घोडके, रिवॉल्यूशनरी नेशनलिज्म इन वेस्टर्न इंडिया, पृष्ठ 173-74, राकेश सिन्हा में उद्धृत, पृष्ठ 182
37. रतन शारदा, प्रो. राजेंद्र सिंह की जीवन यात्रा, हिंदी, 2014, पृष्ठ 29

अध्याय-2

1. रंगा हरि, गुरुजी गोलवलकर, हिंदी संस्करण, वर्ष 2010, पृष्ठ 116
2. रतना शारदा, उद्धरण, पृष्ठ 28
3. मनमोहन वैद्य, उद्धरण, पृष्ठ 30
4. रंगा हरि, उद्धरण, पृष्ठ 116
5. गोविंद मोटवानी, झामातमल वाधवानी, 9 ईयर्स ऑफ संघ इन सिंध-1939-1947, भारतीय सिंधु सभा, 2006, पृष्ठ 58
6. मनमोहन वैद्य, उद्धरण, पृष्ठ 30-31

6ए. संजीव कुमार, पटना, इ-मेल दिनांक 10-12-2018

7. रंगा हरि, उद्धरण, पृष्ठ 116
8. वही, पृष्ठ 117

8ए. डॉ. मोहन भागवत, केशव सृष्टि में 28-10-2018 में रिकॉर्ड इंटरव्यू
9. वही, पृष्ठ 117
10. वही, पृष्ठ 117
11. रतना शारदा, उद्धरण, पृष्ठ 28
12. वही, पृष्ठ 26
13. द हिंदू, दिनांक 21-9-2004 https://www.thehindu.com/op/2004/09/21/stories/2004092100241400.htm
14. सी.पी. भिषिकर, श्री गुरुजी—पॉयनियर ऑफ ए न्यू एरा, पृष्ठ 97, सुधाकर राजे द्वारा अंग्रेजी से हिंदी में अनुवाद, 1999, साहित्य सिंधु प्रकाशन, बेंगलुरु
15. रंगा हरि, उद्धरण, पृष्ठ 111
16. श्रीधर दामले इ-मेल, नं. डी. होम पोल. (इंटेलिजेंस) सेक्शन एफ नं. 28 पोल.)
17. वही, गृह विभाग, पोल. एफ. नं. 28/3/43-Pol (I)
18. रंगा हरि, उद्धरण, पृष्ठ 118
19. देवेंद्र स्वरूप, संघ बीज से वृक्ष, हिंदी, प्रभात प्रकाशन, 2017 संस्करण, पृष्ठ 64
20. वही, पृष्ठ 64
20ए. वही, पृष्ठ 60-61
21. इंडिया टुडे, 25-1-2016, Rahul Kanwal https://www.indiatoday.in/india/story/exclusive-attlee-told-bengal-governor-netaji-not-gandhi-got-india-freedom-claims-book-305512-2016-01-25
नेताजी सुभाष चंद्र बोस पर जनरल जी.डी. बख्शी की पुस्तक, 'बोस एन इंडियन समुराई' से उद्धृत करते हुए
22. भारत के स्वतंत्रता-संग्राम के तीन चरण, बी.वी.एन. बॉम्बे, भारत, पृष्ठ 58-59, मनमोहन वैद्य, उद्धरण, पृष्ठ 32

अध्याय-3

1. रंगा हरि, उद्धरण, पृष्ठ 122-123
2. वही, पृष्ठ 123
3. वही, पृष्ठ 123

4. वही, पृष्ठ 124
5. वही, पृष्ठ 124
6. वही, पृष्ठ 124
7. वही, पृष्ठ 125
7ए. मानिकचंद्र वाजपेयी और श्रीधर पराडकर, ज्योति जला निज प्राण की, हिंदी, सुरुचि प्रकाशन, पृष्ठ 308-309
8. वही, पृष्ठ 126
9. वही, पृष्ठ 126
10. मानिकचंद्र वाजपेयी और श्रीधर पराडकर, उद्धरण, पृष्ठ 555-556
11. वही, पृष्ठ 295
12. रंगा हरि, उद्धरण, पृष्ठ 127
12ए. कर्मयोगिनी मौसीजी, हिंदी, सेविका प्रकाशन, मथुरा, पृष्ठ 51-52
13. गोविंद मोटवानी, झामातमल वाधवानी, उद्धरण, पृष्ठ 129
14. भानिकचंद्र वाजपेयी और श्रीधर पराडकर, उद्धरण, पृष्ठ 245 से 247
15. कुलदीप चंद अग्निहोत्री, जम्मू-कश्मीर की अनकही कहानी, हिंदी, 35
16. वही, पृष्ठ 238
17. वही, पृष्ठ 259-260
18. वही, पृष्ठ 260-262
19. वही, पृष्ठ 274-275
20. वही, पृष्ठ 276
21. रंगा हरि, उद्धरण, पृष्ठ 131-132
22. नरेंद्र सहगल, व्यथित जम्मू-कश्मीर, हिंदी, प्रभात प्रकाशन, वर्ष 2010, पृष्ठ 66-67
23. https://www.abplive.in/blog/key-sonia-gandhi-aide-in-his-memoirs-says-golwalkar-had-played-a-key-role-in-persuading-maharaja-hari-singh-of-jammu-and-kashmir-to-accede-to-india-712400
24. रंगा हरि, उद्धरण, पृष्ठ 132
25. वही, पृष्ठ 133
26. गोविंद मोटवानी, झामातमल वाधवानी, उद्धरण, पृष्ठ 108
27. वही, पृष्ठ 125
28. कुलदीपचंद अग्निहोत्री, जम्मू-कश्मीर की अनकही कहानी, प्रभात प्रकाशन, 2015, पृष्ठ 35

29. वही, पृष्ठ 472-487
30. वही, पृष्ठ 37-38
31. ए.एन. बाली, उद्धरण, पृष्ठ 18
32. रंगा हरि, उद्धरण, पृष्ठ 135
33. नाऊ इट कैन बी टोल्ड, प्रो. ए.एन. बाली, 1949, पृष्ठ 137, 138
34. वही, पृष्ठ 124
35. वही, पृष्ठ 140
36. रंगा हरि, उद्धरण, पृष्ठ 135-136
37. मानिकचंद्र वाजपेयी, श्रीधर पराडकर, उद्धरण, पृष्ठ 17
38. वही, पृष्ठ 17
39. वही, पृष्ठ 314
40. वही, पृष्ठ 59
41. वही, पृष्ठ 39-40
42. वही, पृष्ठ 47
43. वही, पृष्ठ 49-50
44. वही, अध्याय 4, पृष्ठ 53 से 95
45. रंगा हरि, उद्धरण, पृष्ठ 139
46. वही, पृष्ठ 139
47. वही, पृष्ठ 144
48. प्रकाशन विभाग का संपूर्ण गांधी वाङ्मय
49. रंगा हरि, उद्धरण, पृष्ठ 144
50. रंगा हरि, उद्धरण, पृष्ठ 129
51. वही, पृष्ठ 130
52. स्वतंत्रता दिवस संदेश, आत्मकथात्मक टिप्पणियाँ, CWSA, खंड 36, पृष्ठ 475-76, स्वराज्य 16-3-16, https://swarajyamag.com/politics/sri-aurobindo-was-certainly-not-for-the-disintegration-of-india में उद्धृत
53. पुरुषोत्तम श्रीपद लेले, दादरा एंड नगर हवेली : पास्ट एंड प्रेजेंट, उषा पी लेले द्वारा प्रकाशित, संघ पर विकिपीडिया https://en.wikipedia.org/wiki/Goa_liberation_movement से उद्धृत
54. एच.वी. शेषाद्रि, संघः विजन इन एक्शन, वर्ष 2000, पृष्ठ 28

55. जेफरलॉट, हिंदू राष्ट्रवादी आंदोलन 1996, पृ. 130, संघ पर विकिपीडिया में पृष्ठ से उद्धृत—https://en.wikipedia.org/wiki/Rashtriya_Swayamsevak_Sangh
56. एच.वी. शेषाद्रि, उद्धरण, पृष्ठ 28–29
57. सुधीर फड़के की जीवनी http://www.sudhirphadke.com/about/biography/
58. मोहन रानडे, सरफरोशी की तमन्ना, हिंदी, विमल प्रकाशन, पुणे, द्वितीय संस्करण, जुलाई 2015

अध्याय-4

1. वही, पृष्ठ 147
2. रंगा हरि, उद्धरण, पृष्ठ 146–147
3. वही, 147
4. वही, पृष्ठ 147
5. वही, 147
6. ए.एन. बाली, उद्धरण, पृष्ठ 138
7. वही, पृष्ठ 139
8. वही, 149
9. रंगा हरि, उद्धरण, पृष्ठ 147–148
10. वही, 149
11. वही,149
12. वही, पृष्ठ 149–150
13. वही, 150
14. वही, पृष्ठ 153
15. वही, पृष्ठ 153
16. वही, पृष्ठ 154
17. वही, पृष्ठ 155
18. वही, पृष्ठ 157
19. वही, पृष्ठ 159
20. वही, पृष्ठ 157
21. वही, पृष्ठ 160
22. वही, पृष्ठ 168

23. वही, पृष्ठ 168
24. ए.एन. बाली, उद्धरण, पृष्ठ 141-142
25. रंगा हरि, उद्धरण, पृष्ठ 189
26. ए.एन. बाली, उद्धरण, पृष्ठ 144
27. वही, पृष्ठ 216-217
28. वही, पृष्ठ 217

निष्कर्ष

1. रंगा हरि, उद्धरण, पृष्ठ 169
2. इश्तियाक अहमद, 25-9-2015, http://www.thefridaytimes.com/tft/how-far-left-of-partition/
3. संदीप देव, कहानी कम्युनिस्टों की, हिंदी, 2017, पृष्ठ 151
4. वही, पृष्ठ 151-152
5. संदीप देव, उद्धरण, पृष्ठ 160
6. अमरनाथ के मनन-29-122-2007, https://www.indiatoday.in/magazine/cover-story/story/20071231-the-red-revolt-734843-2007-12-20
7. https://www.sikhnet.com/news/islamic-india-biggest-holocaust-world-history
8. डॉ. बी.आर. अंबेडकर—जातिप्रथा वा त्यांचे निर्मूलन, मराठी, पृष्ठ 15-16
9. मनमोहन वैद्य, उद्धरण, पृष्ठ 32

** हिंदी में रंगा हरिजी लिखित श्रीगुरुजी की जीवनी, जिसकी चर्चा इस पुस्तक में है, अब अंग्रेजी में 'Incomparable Guruji' के शीर्षक से उपलब्ध है, जिसका अनुवाद रतन शारदा ने किया है और नई दिल्ली के प्रभात प्रकाशन, नई दिल्ली ने इसका प्रकाशन किया है।*

❑❑❑